おねがい＊ティーチャー

カバー&本文イラスト:羽音たらく
口絵イラスト:合田浩章
カバーイラスト彩色:三浦あさ美
デザイン:荻窪裕司(bee's knees)

終わってからのプロローグ

「桂《けい》クン」

昼の隙間《すきま》から、そっと空気を押し出すようにして名を呼ばれ、ぼんやりと天井を見上げていた草薙《くさなぎ》桂は、隣《となり》で横たわるみずほのほうに顔を向けた。いつもは掛けているメガネを外していることもあり、薄闇《うすやみ》を通してだと、彼女の顔を細部まではっきりと認めることはできない。薄手のカーテンに弱められた月の光に染まって、微《かす》かに青みがかったみずほの顔は、輪郭がぼやけているせいか、まるで夢の中のもののようだ。しかし、掛け布団の下で柔らかく握り合った手が、桂に、今、自分の隣にいる女性がまぎれもなく実在することを教えてくれていた。

六畳間の真ん中に延べられた寝床の中は、桂とみずほ、火照《ほて》ったふたりの裸身から放たれる熱気がこもって、南国の楽園のように暖かい。そばの畳の上では、寝間着がわりのキャミソールやショーツが、行儀《ぎょうぎ》悪く脱ぎ散らかされている。中身を失ったそれらは、寝床を中心にして発生した力強いエネルギーの渦に巻き込まれてそうなったかのように、ぐったりして見えた。

「初めて会ったときのこと覚えてる？」

引き裂かれるような痛みと引き換えに手に入れた、甘い充足感を下腹部に感じながらみずほが訊《き》くと、桂《けい》は遠くを見る目になって、

「もちろん、覚えてるよ。新しい担任がくるっていうから、どんなひとかと思ったら先生だったんだもん。あのときは、ほんと、びっくりしたなぁ……」

「そのときじゃなくて、その前」

「その前?」

少し考える顔つきになった桂の脳裏に、今から数ヶ月前に湖のほとりで見た光景が甦《よみがえ》る。

「ああ、あのときか……」

それは、まったく突然のことだった。清冽《せいれつ》な水をたたえた湖。それを取り囲むように生えた木々。市街地からほんの少し山のほうに入っただけなのに、そこは豊かな自然に恵まれており、付近の住民たちの格好の散歩コースになっていた。すっかり日も落ちて、大都市近辺とは比べものにならないくらい澄《す》んだ夜空に星が瞬《またた》きはじめた頃《ころ》、突如、絵葉書のようなその風景を、凄《すさ》まじい突風が襲《おそ》ったのだ。それは、草の上に横たわっていた桂の身体《からだ》を吹き飛ばすほど強いものだった。暴力的な空気の動きに林の木々は唸《うな》りを上げ、落ちるには早すぎる葉を舞い散らす。

木のうろや下生えの陰で眠りに就いていた小動物が逃げ惑う中、風は吹いたときと同じように、突然、収まった。見えない手につかまれて地面に叩《たた》き付けられた桂が、なにが起きたのか

わからぬまま、のろのろと身を起こす。鼓膜を震《ふる》わせる、地鳴りに似た轟音《ごうおん》。詰め襟《えり》の制服を着た少年は、傍らに落ちていた学生鞄《かばん》を拾い上げると、音のするほうに目を向けた。風で吹き飛ばされた拍子にずれたメガネの四角いレンズを通して見た湖の中央には、小型の遊覧《ゆうらん》船なら呑《の》み込んでしまうほどの巨大な渦が生じている。

「なんだよ、これ……」

今、目にしているものが信じられなくて、桂が湖のほとりに呆然《ぼうぜん》と佇《たたず》むうちに、渦は徐々に力を弱めていった。やがて、渦が完全に消えると、湖は何事もなかったように、いつもの穏《おだ》やかな顔を取り戻す。だが、異変はそれで終わりではなかった。学生鞄を胸に抱いて立つ桂から少し離れた場所で、なにかが光りだしたのだ。最初それは、宙を舞う蛍《ほたる》の群れのように見えた。しかし、すぐに光の粒子が寄り集まって、電話ボックスほどの大きさの筒を形作ると、その中に、ひとの姿らしきものがおぼろげに浮かび上がってくる。めりはりのあるボディラインに、背中まである長い髪。シルエットから判断して、どうやら女性のようだ。

桂が目をまるくして見つめる中、光り輝《かがや》く人影は急速に実体化してゆく。ほどなくして光の中から現れたのは、シルエットから見て取れたように、若い女性だった。首から上と肩から先を除いて、全身を覆《おお》う黒を基調としたボディスーツはぴったりと肌に張り付き、魅力《みりょく》的なラインを浮かび上がらせている。髪はいくぶん赤味を帯びており、少し垂れ気味の目は閉じられていて、瞳《ひとみ》の色は窺《うかが》えない。年齢《ねんれい》は二十代前半だろうか。身体のまわりにちらついていた光の粒子が消え失《う》せると、彼女はゆっくりと目を開いた。

「湖のほとりで初めて会ったとき、桂《けい》クン、いきなり逃げだしたでしょ。わたしって、そんなに怖く見えたかしら？」

と、みずほが訊《き》くと、桂は、当たり前だという顔で、

「そりゃそうだよ。光の中から、いきなり人間が出てきて……あんなの見たら、誰《だれ》だって逃げだすよ」

光の中から現れた女性——風見《かざみ》みずほは、地球人ではなかった。銀河連盟から派遣された辺境惑星の駐在監視員《ちゅうざいかんしいん》、それが彼女の正体だ。銀河連盟に所属する星々から見て辺境に位置する発展途上の惑星に正体を隠して駐在し、そこで育《はぐく》まれる文明が誤った道をたどらぬように監視するのが彼女に与えられた任務だった。突然の暴風と湖の渦は、不可視シールドを張って肉眼では視認できないようにした宇宙船を湖の中に隠すときに生じたもので、偶然その場に居合わせた桂は、みずほが宇宙船の中から、地球では未知の技術によって転送されてきたところを目撃《もくげき》してしまったのだ。

「わたしに、なにかされると思ったの？」

「捕まって解剖されるかと思った」

「そんなことしないわよ」

冗談めかした桂の言葉を真に受けて、みずほが唇を尖《とが》らせる。桂は自分より五つばかり年上

に見える彼女の、妙に子供っぽい反応をかわいいものに感じながら、

「でも、あのときは本当に驚《おどろ》いたなぁ」

「わたしだって、驚いたわ」

宇宙船を着陸させる前に、みずほは湖の近辺をサーチしたが、そのときは知的生命体の脳波は検出されなかった。だから、いくつか検出されていた生体反応は、いずれも知性を持たない生物のもののはずだった。それなのに、転送を終えてふと見ると、この惑星の文明の担い手である二足歩行の哺乳類《ほにゅう》——俗に地球人と呼ばれる存在が、話し声が届くほど近くに立っていたのだ。

背は、みずほより頭半分ほど低いだろうか。身体《からだ》付きも華奢《きやしや》で、年齢《ねんれい》は十代半ばのようだ。生まれつき色素が乏しいのか、肌の色が白く、ボブカットにした髪の色も少し薄《うす》い。男臭さとは無縁《むえん》の優しい顔立ちで、一般的な趣味《しゅみ》の女性なら、恋人よりは弟にしたいと思うタイプだ。

当然ながら、駐在監視員の任務は監視対象である惑星の住人には秘密裏に行うことになっていた。殊に、「宇宙人」という概念を持ちつつも、実際にその存在を確認していない微妙な発展段階にある地球のような惑星においては、駐在監視員は自己の正体を秘匿するのに細心の注意を払わねばならない。だから、その惑星で用いられている技術レベルを遥《はる》かに超えた手段を用いて移動した現場を原住民に目撃されたのは、あってはならない失態だった。これが上司に知られれば、すぐさま任務を解かれ、地球からの引き上げを命じられるだろう。それは、みず

ほにとって、どうしても避《さ》けたいことだった。

そもそも辺境惑星の駐在監視員《ちゅうざいかんし》というのは銀河連盟においては閑職のひとつと見なされていて、本来は、アカデミーでトップクラスの成績だったみずほが就くような任務ではない。それをわざわざ志願したのは、赴任先が地球だったからだ。彼女がそうまでして地球の土を踏むことにこだわったのには、ひとつの理由があった。彼女の身内と、ごく身近な人間しか知らないことだが、みずほは地球人とのハーフだったのだ。

西暦２００９年、アメリカを中心とした先進各国の主導《しゅどう》で、火星の有人探査計画が実行に移された。だが、不慮《ふりょ》の事故によって、火星に向かった探査機はその途上で行方不明となり、計画は頓挫《とんざ》した。クルーの生存は絶望視され、人類の宇宙進出の礎《いしずえ》として尊い犠牲《ぎせい》になった彼らのために盛大な葬儀《そうぎ》が営まれたが、実は消息を絶った探査機は漂流していたところを銀河連盟所属の宇宙船に救助されていた。そのとき、どんなロマンスがあったのかはわからないが、九死に一生を得たクルーのひとりとみずほの母親とが恋に落ち、ふたりのあいだにみずほが生まれたのだ。

残念なことに、みずほの父親は彼女が幼い頃《ころ》に亡くなっていた。だから、みずほは父親のことをほとんど覚えていない。記憶《きおく》の中にあるぼんやりとした面影と、母親の語る思い出が、父親について彼女が知っているすべてだ。

お父さんは、どんなひとだったのだろう？　お父さんの生まれた地球って、どんな星なのかしら？　お父さんはそこでなにを見、なにを感じ、どんなことを考えたのだろう？

幼い頃に亡くした父を恋うる気持ちと、身体《からだ》の中に半分だけ流れる地球人の血がそうさせるのか、長ずるにしたがい、みずほの胸にはそうした想いが膨《ふく》らんでゆき、彼女はいつしか、父の故郷の星に降り立つことを夢見るようになっていた。

どの星であれ、そこで築かれた文明が一定のレベルに達し、銀河連盟に所属しているかぎり、その土を踏むのはさして難しいことではない。しかし、地球はあらゆる干渉が禁止されている文明が未発達な辺境の惑星だ。そんな星に降り立つには、バレたときの重罪を覚悟して非合法に潜入《せんにゅう》するか、駐在監視員になるしかない。だから、地球の駐在監視員の募集があったとき、みずほは千載一遇の機会と、迷わず志願した。もちろん周囲は反対したが、みずほはそれを押し切って研修を受け、駐在監視員の資格を手に入れた。父の故郷を見たい一心で、望めば進むことのできたエリートコースを棒に振ってまでして、ようやく踏んだ地球の大地。それだけに、その感動を噛《か》み締《し》める間もなく襲《おそ》い掛かってきた突発事に、彼女があわてふためいたのも無理からぬことだ。

「あのときは、もう、どうしていいかわからなくて……」

望まざるファーストコンタクトをしてしまったときのうろたえた気持ちを思い出したのか、みずほが軽く眉根《まゆね》を寄せる。あのとき、追い付いたら、どうしようという考えがあったわけではないが、とにかく桂《けい》が逃げだしたので、みずほは半ば反射的にそのあとを追っていた。しかし、宇宙船から転送されてきたばかりの彼女は、地球の重力に慣《な》れなくて、もたもたしているうちに、結局、木立を縫《ぬ》って走る地球人を見失ってしまった。

どうしよう?

宇宙船のコクピットに戻ったみずほは、半泣きになってコンソールパネルに突っ伏した。本来なら、すぐにでも上司に報告し、指示を仰ぐべき事態だ。しかし、そうすれば、問答無用で地球からの引き上げを命じられるだろう。そして、彼女の姿を目撃《もくげき》した地球人の特定ができない以上、この付近一帯の住民すべてを対象とした大掛かりな記憶《きおく》操作が行われ、今回の事態がこの星の未来に悪しき影響《えいきょう》を及ぼさないと確認されるまで、駐在《ちゅうざい》員の派遣はおろか、軌道上に近寄ることすら禁じられるに違いない。よしんば、一定の期間を置いて、再び駐在監視《かんし》員が置かれることになっても、みずほがその任に就くことは一〇〇パーセント不可能だ。つまり、彼女が父親の故郷を訪れる機会は、永遠に失われることになる。

そんなの、絶対イヤ!

ここまできて帰還を命じられるなんて、口に入れたばかりの飴玉《あめだま》を吐き出させられるようなものだ。みずほはそれが過ちであることを知りつつも、もう少し事態の推移を見てからでも遅くはないだろうと、自らの犯した失態を報告することもなく、不安に満ちた一夜を過ごした。

翌朝、みずほはかねてからの手筈《てはず》どおり、県立木崎《きざき》高等学校に新任教師として赴任した。白いブラウスに、ワインレッドのダブルのベスト。スカートは黒で、それと同色のネクタイ結びにしたスカーフの結び目には、紫の石をゴールドで縁取《ふちど》ったカメオを留めている。前髪と左右の耳元に一房ずつ残してうしろでまとめた髪は三つに分けられていて、真ん中の太い束をクロワッサンのようにカールした髪が両側から挟んでいた。フレームレスのメガネは伊達《だて》で、楕円《だえん》形のレンズに度は入っていない。銀河連盟の駐在監視員マニュアルに例として挙げられていたものに、少々好みのアレンジを加えた、完璧《かんぺき》な地球人の女教師スタイル——のはずだ。

地球人としての振る舞いは、シミュレーターを使った赴任前の研修で完全に身に付けていたはずで、それなりの自信もあったが、やはり本番となると、歩くときに同じ側の手と足が同時に前に出るほど緊張《きんちょう》した。校長室に挨拶《あいさつ》に赴き、職員室でこれから同僚となる教員達に紹介され、自分の受け持ちのクラスへと向かう。彼女が担任するのは一年生のクラスで、そこには十五歳から十六歳にかけての少年少女が集められているらしい。個々人の各教科に対する習熟度合いには関《かか》わりなく、年齢《ねんれい》だけを基準にして学習のための集団を形成するのは理不尽なことに思えたが、それがこの星のやり方だとしたら仕方ない。郷に入りては、郷に従え。とにかく目立たないようにすることが第一だ。もう、昨日のような失敗は許されない。そう思って、飽きるほど繰《く》り返したシミュレーションどおりに振る舞ったはずなのに、みずほは生徒達から、彼女が事前に想定していたのより、ずっと大きな注目を浴びてしまった。

「あの、なにか、間違ってました？」

教壇《きょうだん》に立ったみずほは、黒板に名前を書いて自己紹介を終えたあと、自分の姿をまじまじと見つめる視線に耐え兼ねて、思わず生徒達にそう訊《き》いていた。彼女には、老齢《ろうれい》の男性教諭《きょうゆ》に代わって現れた新しいクラス担任が年若い美貌《びぼう》の女教師であることが、この平和な地方都市に住まう少年少女にとって、それなりのトピックであることに毛ほども気付いてはいなかった。みずほはそのことを今でも疑問に思っているらしく、あのときにしたのと同種の質問を桂《けい》に向けてくる。

「初めて教室に入って行ったとき、わたし、どこかおかしかったかしら?」

「別におかしくはなかったけど」

「でも、みんな、変にわたしのほう見てたし……」

「ああ」

と、桂はそのときの情景を思い出す顔になり、

「あれは……」

「あれは、なに?」

「先生が……」

「わたしが?」

「その……」

「なによ、もう。おかしいとこがあったんなら、意地悪しないではっきり言ってよ」

「そうじゃないよ」

桂はすぐそばのみずほの顔から目をそらせると、言いにくいセリフを思い切って口にした。

「あのときは、先生があんまり美人だったから、みんなびっくりしたんだよ」

「まあ」

予想もしていなかった回答に、みずほは頬《ほお》を赤らめた。それに伴い、布団の中の温度が二、三度上昇したようだ。

「と……ところで先生、ボクのクラスの担任になったのって、やっぱりボクを監視《かんし》するためだったの？」

照れ臭くなったのか、桂がわざとらしく話題を変える。

「そうじゃないわ。あれは偶然。だから、教室に桂クンがいるの見て、すごく驚《おどろ》いたわ」

「それじゃあ、みのるさんちの隣《となり》に越してきたのは？」

江田島《えだじま》みのるは桂の叔父で、看護師の資格を持つ妻のこのはとともに、この町で小さな診《しん》療《りょう》所を開いている。事情があって両親の許《もと》を離れていた桂は、この叔父のところに居候していた。桂たちの通う学校に赴任してきた日、よりによって、みずほはその診療所の隣のアパートに越してきたのだ。

「あれも、偶然」

「そうなんだ」

桂のクラスを担任することになったのも、桂の住まいの隣に引越してきたのも、どちらも偶

然なのだとしたら、みずほとは本当に縁《えん》があるようだ。彼女も同じように感じたらしく、しみじみとした口調で、

「そんな偶然がふたつも重なるなんて、わたしたちって、きっと運命の赤い糸で結ばれてるのね」

どこで覚えたのか、銀河連盟所属の駐在監視員《ちゅうざいかんし》には似合わない古めかしい言いまわしに、桂《けい》は小さく噴《ふ》き出した。

「それ、古いよ。なんか、オバサンみたい」

「ひっどぉーい」

普段《ふだん》から自分が桂よりも年上なのを気にしているみずほは、嫌なことを言われて、拗《す》ねた子供のように頬《ほお》を膨《ふく》らませた。

運命の赤い糸か……。

「古い」と言いはしたものの、桂も内心では、その存在を感じずにはいられなかった。学校から帰ってきて、二階の自分の部屋の窓からなにげなく外を見ていたとき、隣《となり》のアパートの前に停まった運送業者のトラックの陰から、新しくクラス担任になった女教師が出てきたときの驚《おどろ》きが、まるで、昨日のことのようにありありと胸に甦《よみがえ》る。そして、自分の胸の下でつぶれた、柔らかなふたつのふくらみの感触も――。

それは、引越しの手伝いを申し出た桂が、仕事を終えた運送業者が引き上げたあと、最後に

残ったダンボール箱をみずほとふたりで部屋に運び入れたときのことだった。大事なものが入っているというダンボール箱は見た目より重く、ふたりはそれの両端を持ち、慎重に歩を進めていた。しかし、荷物を運ぶため前屈《かが》みになっていたみずほの、ニットウェアのVネックから覗《のぞ》く胸の谷間に目を奪われて、足元への注意がおろそかになったのか、桂は敷居《しきい》につまずいてしまった。その結果、ふたりは折り重なるようにして倒れ、ふと気が付くと、桂はみずほを押し倒した格好になっていた。

「気になってた」

詫《わ》びながら身を起こしかけた桂を見上げて、みずほはそう言った。

「教室で会ったときから、気になってたの。あなたのこと……」

いったい……いったい、なんなんだ？

みずほの予想外の言葉に、桂は激しくとまどった。事故とはいえ、自分はみずほを押し倒してしまったのだ。それなのに、彼女は怒るどころか、教室で会ったときから桂のことが気になっていたと言う。この状況でそんなことを言うなんて、誘っているとしか思えない。

こんなの、現実じゃない。

なにもかもがプレイヤーに都合よく作られた恋愛シミュレーション・ゲームの中に迷い込んでしまったようで、とても、これが実際に起きていることとは思えない。今ここで目が覚めたら、実はまだ、自分の家のベッドの中だった……というほうが、よほど納得がいく。

今にして思えば、みずほが桂《けい》のことが気になっていたと言ったのは、少年が自分の正体を知っているのではないかと疑っていたからで、決して桂が想像したような意味ではなかった。だが、あの状況では、ほんの数瞬《すうしゅん》とはいえ、柔らかな胸の感触をニットウェア越しに味わい頭に血を昇らせた童貞少年が、そうした誤解をしても仕方なかっただろう。

自分の脳内から漏れ出た妄想のような事態を前にして、桂の精神はそれを現実だと認めることを激しく拒否した。

違う、違う、違う、違う、違う、違う、違う、違う、違う、ちが……う……。

心に掛かった負荷が、それに耐えうる限界を越えたとき、すべてが闇《やみ》に包まれ、桂の時間が止まった。

意識の喪失、全身の筋肉の弛緩《しかん》、生命維持活動の極端な低下——少年の肉体は、完全な仮死状態に陥っていた。激しく落ち込んだり、受け入れがたい事実を前にして強いストレスを感じたときに起きるこの現象を、桂は《停滞》と呼んでいた。症例が極端に少ないため、正式な病名はまだなく、原因も対処法もまったくわかっていない。仮死状態に陥っている期間も一定ではなく、ほんの数分のこともあれば、信じがたいことだが、数年にわたるときもある。事実、桂は十五歳のときから三年間《停滞》していて、現在、高校の一年に籍《せき》を置いてはいるものの、年齢《ねんれい》はクラスメイトより三つ上の十八歳だった。ただ、《停滞》中は身体《からだ》の成長も止まるため、肉体的には他《ほか》の十五歳と、なんら変わりはない。だが、それは、あくまで肉体的にはというだけて、長期にわたる《停滞》は、多感な少年の心に深い傷痕《きずあと》を残していた。

中学生のとき、突然倒れて、次に目を覚ましたときには、三年が経《た》っていた。まるで、朝起きるときのような自然な目覚め。桂にとっては、一晩ぐっすり眠った程度の感覚しかなかったが、そのあいだに世間では三年の月日が流れていたのだ。ファッションの流行は移り、大作映画は続編が公開され、パソコンはその性能を飛躍《ひやく》的に向上させ、ベテランの野球選手は引退し、政権の黒幕と言われた政治家は死亡して、中学のクラスメイトは高校生になっていた。

誰《だれ》もが桂の知らない時間を過ごし、そのあいだの記憶《きおく》を共有していた。本来は、あらゆるものを等しく未来へと押しやる時の流れ。それからひとり取り残された結果、友人はもちろん、家族とのあいだにすら、取り返しのつかない齟齬《そご》が生じていた。叔父《おじ》のみのるが、自分のところにこないかと言ってくれたのは、そんな状況を見かねてのことだった。

田舎《いなか》だが、その分、こっちはのんきでいいぞ。

みのるは四角い顔の輪郭の下半分を縁取《ふちど》って左右のもみあげをつなぐ髭《ひげ》を撫《な》ぜながら、がっしりとした体軀《たいく》にふさわしい磊落《らいらく》な笑い声を上げた。

流行でもなんでも、そっちに比べたら三年ぐらいは遅れてるようなところだからな。リハビリのつもりで、しばらくは俺《おれ》んとこでのんびり過ごせばいいさ。

桂の両親も、医者のところなら安心だと、取って付けたような理由を口にして、息子が弟夫婦の世話になるのに賛成した。そうして桂は、すべてをやり直すため、中学を卒業すると同時に、逃げるようにして、この山間の地方都市にやってきたのだ。この春から桂《けい》は、それまでの彼を知る者のない高校に一年生として入学し、新しい生活をはじめた。だから、こちらで《停滞》のことを知っているのは叔父《おじ》夫婦だけで、クラスメイトはもちろん、学校の教師にも、それは知らされていなかった。

「あのとき、どれぐらい《停滞》してたんだっけ?」

と桂が訊《き》くと、みずほは少し考えてから、

「そうねぇ、だいたい二時間ぐらいだったかしら」

みずほの新居で倒れた桂が目を覚ましたとき、すでに日は大きく西に傾き、窓からは透き通ったオレンジ色の光が射《さ》し込んでいた。ぼんやりと開いた目に、真上から覗《のぞ》き込んでくるみずほの心配そうな顔が映る。仰向《あおむ》けになっていた桂は、後頭部を優しく支える柔らかな感触で、自分がみずほに膝枕《ひざまくら》をされていることに気づくと、あわてて身を起こそうとした。しかし、みずほはそれを押しとどめ、

「いいからジッとして」

「すみません」

と謝《あやま》ってから、桂はそのままの格好で、自分の「病気」について説明した。

それじゃあ、もしかして、あのときも……。

《停滞》の説明を聞きながら、みずほが推測したように、彼女が宇宙船を着陸させるとき、知

的生命体の脳波の反応がないか、付近一帯をサーチしたにもかかわらず、湖のほとりで寝転んでいた桂の存在を検出することができなかったのは、そのとき少年が《停滞》中で仮死状態にあったためだった。

どうやら、この少年があのときの目撃者《もくげきしゃ》なのは間違いないようだ。

みずほがそう確信する一方で、ゆっくりと身を起こした桂も、あることに気づきかけていた。桂が《停滞》しているあいだにほどいたらしく、みずほの艶《つや》やかな髪は背中をすべり、毛先を腰にまで届かせている。窓から入る夕日が彼女を照らし、それが、昨夜見た、光に包まれた髪の長い女性の姿と重なった。

「ま、まさか……」

みずほを見つめる桂の目が大きく見開かれる。

「やっぱり、覚えてたのね」

みずほが桂の顔を見据えて言った。

「え？」

「昨日の夜のこと」

それは自分が、昨夜、湖畔で桂に目撃された「光る女」であることを、暗に認める発言だった。

「う、嘘《うそ》ぉ！」

桂《けい》が弾《はじ》かれたように立ち上がると、みずほもそれを追うように立つ。

「あなただったんだ」

「せ、先生が……あのときの……」

本能的に身の危険を感じた桂が、ドアを開けて部屋の外へと飛び出したのが、ドタバタ劇《げき》のはじまりだった。みずほの部屋はアパートの二階で、スチール製のドアの外にはコンクリートの階段へとつづく廊下があるはずなのに、桂はなぜか、なんの調度もない円形の部屋の中に出ていた。壁《かべ》も床も見たことのないツルツルした素材でできていて、まるで、特撮映画で観た宇宙船の中のようだ。その印象は間違っておらず、桂は、みずほが咄嗟《とっさ》に、アパートの出入り口と亜空間ホールを使って接合した宇宙船の内部に自らの足で飛び込んでしまったのだ。思わぬ事態にまごまごしていると、あとを追って、すぐそばにみずほが転送されてくる。光の中から現れた彼女は、昨夜、湖畔で見たのと同じ、肌にぴったりと張り付くボディスーツに身を包んでいた。

「くっくっくっ……」

みずほの正体を知ったときのことを順を追って思い出していた桂が、突然、笑いはじめた。掛け布団の縁《ふち》からまるい裸の肩を覗《のぞ》かせていたみずほがきょとんとした顔で、

「どうしたの、桂クン？」

「いや、ほら、あのときの色仕掛け……」

そう言っただけで話が通じたらしく、みずほの顔に朱が差した。あのとき、宇宙船の中に転送されてきたみずほは、自分が宇宙人であることを黙《だま》っていてほしいと頼みながら、壁際に追いつめた桂に抱き着き、豊かなバストを押し付けてきたのだ。

「な、なにするんですか？」

とまどう桂に、みずほは自分の行為を微塵《みじん》もおかしいとは思っていない口振りで、

「マニュアルに書いてあったの。地球人の男性は、色仕掛けに弱いって」

みずほの言うマニュアルとは、銀河連盟の惑星監視局が、文明の発達度合いや文化の異なる様々な星に派遣された駐在《ちゅうざい》監視員《かんし》の、現地での活動の手引きとなるべく作成したものだ。赴任先の惑星の風土や特殊な文化、トラブルへの対処法などが事細かに記されているらしいが、どうも地球人の生態に関しては、いささか誤解があるようだ。

「しょうがないじゃない。マニュアルには、そう書いてあったんだから。それに、あのときは地球にきたばかりで、なにもわからなかったし……」

「だからって、いくらなんでもアレはないよ」

「なによ、あのとき、わたしの胸見て、鼻の下のばしてたクセに」

みずほは抱き着いてくる前に、色仕掛けの効果を高めるためか、ボディスーツの胸元を菱形《ひしがた》に開いて——どういう仕掛けになっているのか、彼女の着ていたボディスーツは着用者の意思ひとつで、そうすることができるようになっていた——深い谷間をあらわにしていたのだ。み

ずほはそうするなり、桂《けい》の視線が思惑通りに、魅力《みりょく》的なまるみがせめぎ合う場所に吸い付けられたのを見逃していなかったらしい。

「そんなことないよ」

と否定してみせたものの、桂は本当はそうであったことを白状するように、みずほの顔から目をそらせた。

「ホントに？」

「ホントだってば」

「ホントにホント？」

あまりにもみずほがしつこく訊《き》いてくるので、話題を変える必要を感じた桂は、

「あのあとが、また大変だったよね」

「そうよねぇ」

さいわいなことに、みずほはすぐに新しい話題に乗ってきた。

「せっかく『色仕掛け』したのに、桂クンは逃げ出しちゃうし、船は勝手に動き出しちゃうし……」

宇宙船が動き出したのは、船内を逃げ回っているうちに、偶然、ブリッジにたどり着いた桂が操縦《そうじゅう》席のコンソールパネルをでたらめにいじってしまったためだった。今にして思えば、なぜあんなことをしたのか不思議だが、あのときはとにかく、なにかボタンを押せばどこかが

開いて、ここから逃げ出せるのではないかと必死だったのだ。その結果、湖底に隠してあった宇宙船は浮上し、まるで、その存在をアピールするように湖の上空で明滅を繰《く》り返した。この様子は、遠くからではあったが、多数の付近の住民に目撃《もくげき》され、「昨夜、湖のあたりで怪しい光を見た」、「あれはUFOに違いない」と、翌日にはマスコミが取材にくるまでの騒《さわ》ぎになった。

「おまけに、まりえの調子までおかしくなって……」

まりえというのは、みずほの乗ってきた宇宙船のシステムを制御している自律型の生体インターフェイスだ。手のひらに載るほどの大きさで、一見すると、車のバックミラーにぶら下げるマスコットのようななりをしている。てっぺんの尖《とが》った水滴のような形をした頭に、それを支えるには、いささか頼りない小さな身体《からだ》。両目は真ん丸な顔の直径上にあり、いやにあいだが離れている。白っぽい顔を除いて、ウエットスーツを着たような身体の表面は淡い黄色で、腹のところに赤いポケットらしきものがあり、尻《しり》からは先端に赤い玉の付いたアンテナみたいに細いしっぽが生えていた。浮き輪のようなものに身体を入れているが、ドーナツ状のそのパーツは重力を制御する働きを持つらしく、まりえはまさしく、それを浮き輪にして宙を泳ぐのだ。大多数の日本人とは反対に「のー」としか言えないが、声の調子を変えることや、大雑把な顔の具の配置を大げさに変化させることで感情表現の真似事《まねごと》もできる。みずほはこの小さなパートナーに音声で指示を出すことで、宇宙船に関するほとんどの操作を行っていた。

「出発前にちゃんとメンテしたのに、まりえったら、なんで急に調子悪くなっちゃったのかしら？」

誰《だれ》に向けたものでもないみずほのつぶやきを耳にして、桂《けい》は布団の中でギクリと身を堅くした。実はコクピットのコンソールパネルをいじっていた桂は、みずほの指示でまりえが進入者——つまり、桂——の位置を報告しようとしたとき、それを阻もうとして、小さな身体を手で強く払ってしまったのだ。床にはたき落とされたまりえは目をまわし、それ以来、少し様子がおかしくなった。まりえには自己修復機能があるはずなのだが、よほど打ち所が悪かったのか、いまだに元には戻ってないらしく、時折、奇妙な行動をとることがある。

「さ、さあ、なんでだろ……」

今になって真実を打ち明けるのも間が抜けている気がして、桂は「まりえ、ゴメン」と心の中で手を合わせつつ、しらばっくれた返答をした。みずほは桂のぎこちない様子に気付いたふうもなく、

「でも、原因はともかく、まりえの不具合がたいしたことなくてよかったわ」

それは確かにそうだ。もし、あのとき、まりえがどんな指示も受け付けないほど壊《こわ》れていたとしたら、桂は次元と次元の狭間《はざま》にある異空間を永遠にさまよいつづけていたかもしれないのだ。

「まりえ、システムをデフォルトに戻して。最優先事項よ」

顔を引きつらせたみずほの指示を、まりえが実行すると、宇宙船はなんとか安定を取り戻した。しかし、ほっとしたのも束《つか》の間、ブリッジの床にへたり込んだ桂《けい》の姿が光に包まれてゆく。どうやら、コンソールパネルをあちこちいじっているうちに、そうとは知らずに、転移装置のスイッチを入れてしまったらしい。

「どうして転移装置が？」

消えかかる桂の姿からコンソールパネルに目を移したみずほが悲鳴に近い声を上げた。

「転移座標がメチャクチャ！」

空間転移は現在位置と目的地を亜空間ホールで接続し、瞬時《しゅんじ》に移動する技術だ。至極便利な移動方法ではあるのだが、行き先の座標をちゃんと指定してやらないと目的の場所へジャンプできないばかりか、まずくすると次元の狭間に落ち込んで、永久に通常空間に戻ってこれないこともある。このとき、桂の転移先としてコンソールパネルに表示されていた座標は、たとえるなら、「行き先の住所は？」との問いに「お花畑でちゅ」と答えているような、でたらめなものだった。

ふと気が付くと、桂はだだっ広い野原に立っていた。ゆるやかに起伏した地面は草に覆《おお》われ、遠くに山や木が見える。空には、ガリバー旅行記の中に出てくる浮き島を思わせる巨大な岩盤《がんばん》がいくつも浮いていた。岩盤の上には木や草が生えていて、どうやら、今、桂が立っているところも、ああした「浮き島」のひとつのようだ。

ここは……？

さながら、ロジャー・ディーンの描くアルバムジャケットのようなファンタジックな光景に突如ほうり込まれた桂は、呆然《ぼうぜん》として周囲を見まわした。すると、そう遠くないところに黒い雲のようなものがあった。いや、違う。あれは雲ではない。あれは、穴だ。地面ではなく、空中にぽっかりと口を開けた次元の穴。穴は気象衛星から撮影した台風のように渦を巻き、「浮き島」を強い力で引き寄せ、呑《の》み込んでいた。桂の立つ地面もそれの例外ではなく、奥のほうで青白い稲光をきらめかせる次元の穴が近付くにつれ、空気が吸い込まれることによって起きる気流が強さを増してくる。実物を目にしたことがあるわけではないが、桂の頭を「ブラックホール」という単語がよぎった。あそこに吸い込まれたら最後、二度と出てこられないような気がする。

穴へと向かう空気の流れはさらに強くなり、もはや立っていられないほどになった。四つん這《ば》いになった桂は地面についた手足をふんばって、あらゆるものを吸い込む力に逆らおうとする。しかし、そんなささいな抵抗を嘲笑《あざわら》うように、激しい気流が少年の身体《からだ》を地面から引き剥《は》がし、宙に巻き上げた。

「うわぁぁぁぁッ！」

悲鳴を上げた桂の手を、不意に差しのべられたみずほの手がつかむ。彼女は桂を救うため、少年の飛ばされた空間をサーチして、危険を省みず、自らも転移してきたのだ。気流に乗って宙を舞うふたりは、つないだ手をしっかりと握り合った。

「大丈夫?」

と、みずほが訊《き》くと、桂《けい》はあまり大丈夫そうではない顔で、

「ここ、どこですか?」

「説明はあとでするから。しっかり、私につかまって」

「なんで?」

「私とはぐれたら、永遠にこの空間に閉じ込められてしまうわ」

穴に吸い寄せられつつも、みずほは腕に力を込めると、桂を自分のほうに引き寄せた。少年の身体を抱きとめると、それにまわした腕に力を込める。

「んン……」

ボディスーツの菱形《ひしがた》の隙間《すきま》から覗《のぞ》く柔らかな胸の谷間に鼻と口をふさがれて、桂が苦しげなうめきを漏らす。

「まりえ、座標軸を固定したら、局所的パラレル・モーションで転移させて。最優先事項よ」

みずほが桂をきつく抱きしめながらまりえに指示を出した。穴の入り口は、すぐ近くまで迫っている。このままだと、一分と経《た》たずにあの中に吸い込まれるだろう。

「あなただけが頼りよ。お願いね」

みずほの必死の「お願い」が通じたのか、まりえは彼女の指示を実行したらしく、空中で抱

き合うふたりの身体《からだ》が光に包まれる。次の瞬間《しゅんかん》、みずほと桂は江田島《えだじま》家のバスルームに転移していた。みずほは転移座標をアパートの自分の部屋に指定していたのだが、まりえが本調子でないせいか、少しばかりずれてしまったようだ。

バスタブの真上に出現したふたりは抱き合ったまま、満々とたたえられた湯の中に落下した。派手《はで》なしぶきがあがり、入浴剤を溶かし込まれて薄《うす》緑色になった湯が盛大にあふれる。落下のショックが覚めやらぬまま、桂はまわりを見まわした。

「あれ、ここは？」

桂が、自分たちがどこにいるのか気付くと同時に、ふたりが湯の中に落ちたときの音を聞きつけたみのるが、血相を変えてバスルームのドアを開けた。なにごとかと思って中を覗《のぞ》いた髭《ひげ》面《づら》が、バスタブの中で抱き合う桂とみずほを見るなり、あっけにとられた表情を浮かべる。さっきまで妻のこのはとナニかしていたのか、シャツをはだけた胸元についたキスマークを隠そうともせず、みのるは大きな声を張り上げた。

「なな、なにをしているんだ、桂！」

「な、なにって、別に！　なにもしてないよ！」

バスルームの天井に桂のうろたえた声が反響《はんきょう》する。

「裸の女と一緒で、なにもしてないじゃないだろ」

バスタブの中で桂の下になったみずほは、その半身を湯に浸していた。彼女が身に着けているボディスーツは肩から先が露出《ろしゅつ》しているデザインのうえ、「色仕掛け」のために布地を菱形《ひしがた》に切り取ったようになっていた胸元からは、ライターの一個ぐらいなら完全に埋没してしまう深い谷間が顔を覗《のぞ》かせている。そんな状態だけに、バスルームに立ち籠《こ》める湯煙を通して、湯面から上の部分だけを目にしたみのるには、みずほが裸同然の格好に見えたようだ。

異性に対していちばん興味《きょうみ》がある年頃《としごろ》の甥《おい》っ子が、半裸の女性と風呂《ふろ》の中で抱き合っている——。

みのるは、女性がバナナを食べているところを見ただけでテンションが上がる男子校の生徒みたいなところを多分に残したまま大人《おとな》になった男だ。おそらく彼の頭の中では、健全な青少年にはお見せできない類《たぐい》の妄想の嵐が吹き荒れているに違いない。

「えっ？」

「裸の女」と聞いて、ハッとした桂《けい》の視線がみずほの胸元に落ちた。同時に我に帰ったみずほも、自らしたこととはいえ、大胆にも自分の胸の谷間があらわになっていることに気付き、けたたましい悲鳴を上げる。しばらくは、上を下への大騒《おおさわ》ぎ。ようやくそれがおさまると、桂とみずほは事情の説明を求められ、江田島《えだじま》家のリビングルームのソファに並んで腰をおろした。

ふたりとも濡《ぬ》れた服は着替えたものの、髪にはまだ湿り気が残っている。

「で、どういうことなんだ、桂？　なぜお前と、新任の風見《かざみ》先生が一緒に、しかも、ウチの風呂へ入っていたんだ？」

向かいに座ったみのるが訊《き》くと、桂はへどもどしながら、

「いえ、それは、その……なんてゆーか、いわゆるひとつの……」

「お前は政治家か。ちゃんと説明しろ。やましいことなら暴露《ばくろ》しろ」

と言われても、やましいことはもちろん、ちゃんと説明できるようなことなどカケラもない。

桂はなんとか、あの状況をうまく説明し、波風立てずに決着させられる言いわけをひねり出そうとした。だが、そんなもの、そうそう思い付くものではない。苦しい言いわけをすればするほど、余計、疑いを深めてしまう。しばらくのあいだ、桂とみのるは実のないやり取りをつづけていたが、結局その夜はなんの解決も見ないまま、「桂、風見先生、今日は遅いからこのへんにしましょう」という、このはの言葉でおひらきとなった。

翌日、桂は朝から憂鬱《ゆううつ》だった。

「わたしたち夫婦は桂の親代わり。事情は明日の放課後、ゆっくりと聞かせてもらいます」

昨夜、このはは、とりあえず場がおひらきになったことにホッとしていた桂とみずほを前にしてこう言った。このはみのるより十ばかり年下で、女性にしては上背があり、すらりとした背中にストレートのロングヘアを垂らしている。目は笑うとなくなるほど細く、いつもは少し鼻に掛かったハスキーな声でおっとりとしゃべるのだが、夫の馬鹿《ばか》な言動をたしなめるときだけ甲高い声になる。桂は初めて会ったとき、「おじさん」の奥さんだから「おばさん」でいいだろうと、そう呼びかけてみたところ、目は笑ったままだったが、「なぁに」と返事をした

していた。

ときの口元が少し引きつっていたような気がしたので、それ以来「このはさん」と呼ぶように

事情は明日の放課後、か……。

昨日の夜に言われたことなので、つまりそれは今日の放課後ということだ。学校から帰ったら、早速、昨日のことについて叔父《おじ》夫婦に事情を説明をしなければならない。そのことが頭にあって、桂《けい》は午前の授業にはまったく集中できなかった。みずほも同じことが気に掛かっているのか、朝から落ち着かない様子だ。

ゆっくり説明してもらいます、って言われてもなぁ……。

昼休み、昼食のパンを買うため購買部《こうばい》に足を向けた桂は、歩いているあいだもずっとそのことを考えていた。いっそのこと、事実をありのままにしゃべってしまおうかとも思うが、そんなことをすれば、きっと大騒《おおさわ》ぎになるだろう。それに、「色仕掛け」を使ってまで桂の口をふさごうとしたみずほが、黙《だま》ってそれを許すとは思えない。その結果、昨日以上にとんでもない展開になる可能性もある……などと考えながら廊下の角を曲がると、突然、あたりが薄暗《うすぐら》くなった。

あれ？

さっきまで、校庭に面した窓のある明るい廊下を歩いていたはずなのに、なぜか体育用具室の中にいる。一瞬《いっしゅん》、なにが起きたのかわからなかったが、桂はすぐにこれがみずほの仕業であ

ることに気付いた。昨日、彼女から逃れようとアパートの部屋を飛び出したら、宇宙船の中に出ていたということがあったが、おそらくは、そのときと同じ手を使ったのだろう。案の定、雑多に積まれた体育用具の陰から、女教師然とした格好のみずほが姿を現した。

「みずほ先生……また、やったんですね？」

「ごめんなさい。どうしても話しておきたいことがあって」

しょうがないな、という顔でバスケットボールの入った籠《かご》の縁《ふち》に腰をおろした桂に、みずほは自分が宇宙人であり、銀河連盟から派遣されてきた駐在監視員《ちゅうざいかんし》であることを打ち明けた。

その話が一段落したとき、体育用具室の前に人の気配《けはい》を感じた桂は、みずほの肩に手を掛け、強引にしゃがませた。間一髪のところで、体操服姿の女生徒がふたり、中に入ってくる。

「どうして隠れるの？」

声をひそめて訊《き》くみずほに、桂はそれよりもさらに低い声で、

「みんなに見られたら大変でしょ？　教師、クビになっちゃいますよ」

「そんなの困る」

「だから隠れたんです」

「ちゃんと説明してくれなきゃわからないわよ」

みずほには、女教師の自分が昼休みに担任の生徒とこんなところで「密会」していたら、あらぬ疑いを招くことがわからないようだ。どうも、彼女が拠《よ》り所にしている銀河連盟のマニュ

アルは、余計なことは書いてあるクセに、肝心なところが抜けているようだ。

女生徒たちは持ってきたハードルを元あった場所に置くと、物陰にひそむ桂《けい》とみずほにはまったく気付かずに、用具室を出て行った。重い引き戸が閉じられて、外からカギを掛ける音がする。

「閉じ込められた？」

と浮き足立つ桂とは対照的に、みずほは落ち着いた態度で、

「大丈夫。まりえ、聞こえる？　私と草薙《くさなぎ》君の空間転移をお願い。最優先事項よ」

なるほど、空間転移の技術を持つ宇宙人にしてみれば、カギの掛かった部屋に閉じ込められたことなど、なにほどのこともないようだ。しかし、なにをどう間違えたのか、まりえ自身が体育用具室に空間転移してくると、みずほは唖然《あぜん》とした顔で、

「あなたが転移してどうするのよ！」

やはり、まりえは床に落ちたときの衝撃《しょうげき》でおかしくなってしまったようだ。「任務完了」の意か、まりえはみずほに向かって敬礼すると、その場に倒れて動かなくなった。地球よりはるかに進んだ文明の結晶である宇宙船も、遠隔地からの入力を司《つかさど》るまりえがまともに動かなくては、マウスもキーボードもないパソコンのようなもので、宝の持ち腐れだ。みずほは確かに宇宙人だが、かと言って、彼女自身は目からビームを出したり、空を飛んだりと、人間離れしたことができるわけではない。つまり、まりえなくしては、できることはただの人間と変わりな

いのだ。

閉じ込められたことがはっきりすると、桂はまず、脱出のため鉄格子のはまった窓を破ろうとした。しかし、錆《さ》びた鉄格子は意外に頑丈で、道具もなしにこれを破るのは、とてもできそうにない。次に、用具室のそばを通りかかったクラスメイトに助けを求めようとしたが、これはみずほに阻止された。

「ダメッ」

「どうして？」

「バレたら、わたし、クビになっちゃうんでしょ？」

そうだ。閉じ込められたことにうろたえてうっかりしていたが、ここで助けを呼んだりしようものなら、ふたりの「密会」がバレてしまう。

打つ手なしか……。

いろいろ試みてはみたものの、結局、脱出のすべは見付からず、ただいたずらに時が過ぎてゆく。そのあいだ、時間を持て余した桂とみずほは、様々なことを話した。みずほは自分がなんのために銀河連盟から派遣されてきたかや、地球人とのハーフであることを打ち明けた。さらには、地球行きを志願したのは、幼い頃《ころ》に亡くした父の面影を追ってのことで、だから、きたばかりでなにもしていないうちに、失態を咎《とが》められての強制送還というかたちで帰りたくはないことも――。

桂《けい》のほうは、まず、自分が《停滞》と呼んでいる症状の詳しい説明をした。それから、中学生のときに起きた三年間の《停滞》のせいで、高校一年の自分が実は十八歳であること、その事実は世話になっている叔父《おじ》夫婦以外には秘密にしていることを――。

こうして互いの秘密を共有することで、ふたりのあいだには、共犯意識にも似た親密さが生じていた。みずほがそれを行動で示すように、並んで座った桂に寄り添ってくる。

「先生?」

「ちょっと冷えてきたね」

「そうですね」

このあたりは山が近いせいか昼夜の温度差が大きく、日が落ちるとそれまで蒸していたのが嘘《うそ》のように涼しくなる。ブラウスを肌に張り付かせていた汗が乾くにつれて、みずほは少し肌寒さを感じたようだ。ここに閉じ込められて、もう何時間になるだろう。桂が破り損ねた窓からは、黒々とした夜空を背景にした月と星が見えていた。まりえは相変わらず倒れたままで、時折、寝返りを打ったりするものの、本来の機能を取り戻すには至ってないようだ。

今、同じ布団の中で、月明かりに照らされたみずほの顔を見ていると、桂は用具室に閉じ込められたときのことを思い出さずにはいられなかった。本当は、いつここから出られるのかと不安に苛《さいな》まれていたはずなのに、思い出の中ではあのひとときが、なぜか、ひどく甘美なものに感じられる。度重なる偶然が形作った、運命という名の見えざる手によって引き合わされた桂とみずほ。何万光年も離れた場所で生まれたふたりが、窓から射《さ》し込む青白い月の光を浴びて、そっと肩を寄せ合っている。閉じ込められているということは、そこから出られないかわりに、他《ほか》の者は誰《だれ》も中に入ってこれないということだ。何者にも邪魔《じゃま》されないふたりっきりの時間を過ごすことで、秘密を分かち合った桂とみずほは、ゆっくりと心を触れ合わせていった。

そんな甘美な時間に終止符を打ったのは――客観的には、用具室に閉じ込められていたふたりを助け出したのは、まったく意外な人物だった。そろそろ夕食時になろうかという頃《ころ》、不意に入り口の引き戸が外側から開けられた。あわてて身を離したふたりの目を、懐中《かいちゅう》電灯の光が射る。

「やっぱりいたな、桂」

聞き覚えのある野太い声とともに、懐中電灯の光が声の主の顔に向けられた。下からの光を浴びて陰影を濃《こ》くしたみのるの髭面《ひげづら》を見て、桂が目をまるくする。

「み、みのるさん、なんで？」

「馬鹿《ばか》野郎、お前のやることなんか先刻お見通しだ」

これはあとで訊《き》いたことだが、放課後になっても桂が帰ってこないので、みのるは、てっきり昨日の美人女教師とヨロシクやっているんだろうと思い、ひとり妄想を逞《たくま》しくしていたらしい。だが、夜になると、さすがに心配になり、こうして捜しにきてくれたのだ。みのるがふたりの居場所を探り当てることができたのは、学生時代、クラスメイトの女子と体育用具室でちよっと説明に困る行為をしていたとき、外からカギを掛けられて、中に閉じ込められたことがあったのを思い出し、ひょっとして似たような目に遭っているのではと、駄目元ぐらいの気持ちで、このはとともにやってきたのだそうだ。そうしたら、本当にふたりがいたので、顔には出さなかったものの、意外と面食らっていたらしい。純粋なエロガキの心を持ったまま大人《おとな》になった叔父《おじ》の言動に、しばしば自分との血の繋《つな》がりを否定したくなるときもある桂《けい》だが、今回ばかりは、感謝《かんしゃ》しなければなるまい。

「あ、でも、なんで、ここの扉開けられたの？　カギは？」

「借りたに決まってるだろう、用務員さんに」

そのセリフを待っていたように、みのるの幅広い肩の向こうから、彼が用務員だと思っていた初老の男性が姿を現した。年齢《ねんれい》は五十を越したところだろうか。くすんだ白髪に、野暮《やぼ》ったいデザインのメガネ。使い古した筆先のような眉《まゆ》の端は力なく下を向いていて、それが猫背《ねこぜ》気味の姿勢と相俟《あいま》って、見る者にくたびれた印象を与える。その小柄な男の姿を見た途端《とたん》、桂とみずほは驚愕《きょうがく》に目を瞠《みは》って、

「校長……」

「……先生」

テーブルの上に置かれた婚姻届を前にして、桂は迷っていた。ここは、みずほのアパートの

リビングルーム。バスルームのほうから、みずほの使っているシャワーの音が微《かす》かに聞こえてくる。もう、何回目になるだろうか。桂は手元の書類に目を落とし、そこに書かれた字を追った。婚姻届にはすでに必要事項の記入はすませてあり、みずほの判も押してある。あとは、桂が捺印《なついん》するだけだ。そうすれば、草薙《くさなぎ》桂と風見《かざみ》みずほの婚姻が成立することになる。

このためにわざわざ作った実印を手にしてからも、桂はなかなか迷いを吹っ切れないでいた。そもそも、こうしたことになったのは、昨夜のみのるの一言が発端だった。体育用具室から助け出された桂とみずほはその足で、事情を訊《き》くため校長室に連れて行かれた。もちろん、桂の保護者であるみのるとこのはも一緒だ。自らのうらぶれた雰囲気を殊更引き立たせるように、立派な机の向こうに座った校長は難しい顔で、桂とみずほに今回の「不祥事」についての説明を求めた。事と次第によっては、教師であるみずほは当然として、桂にもそれなりの処罰を受けさせると言う。自分だけならまだしも、桂にまで迷惑が掛かっては申しわけないと思ったのか、みずほが真相を口にしようとしたとき、割って入ったみのるがとんでもない言いわけを持ち出してきた。

「だって、こいつら、夫婦なんですから」

だから、校内での逢《あ》い引きぐらい、新婚夫婦がちょっとハメをはずしただけのことと思って、見逃してやってくれ――ということらしい。美人が困っているのを放ってはおけないみのるとしては、みずほの思い詰めた表情に心を動かされての発言だったようだが、言いわけとして、これはあまりにも苦しい。校長の端の下がった眉《まゆ》が、不快そうにひそめられる。机の前に立たされていた桂《けい》も、当事者でなかったら、「オイオイ」と突っ込んでいたかもしれない。

「風見先生がここに着任する前から、こいつら結婚してるんです。まさか、先生が赴任してくるなんて奇遇ですよね」

取って付けたようにつづけるみのるに、校長は冷たく、

「馬鹿《ばか》も休み休みに言いたまえ。彼は高校一年だ。どうして結婚などできる？」

校長の言う通り、日本の法律では、男性は十八歳にならなければ結婚できないことになっている。

「それは……」

みのるが答えに窮《きゅう》すると、やはり、本当のことを話すしかないと心を決めたみずほは口を開いて、なにか言いかけた。しかし、桂はそれを遮ると、校長の目をまっすぐに見て、

「できます。俺《おれ》、十八ですから」

咄嗟《とっさ》のこととはいえ、どうしてあんなことを言ってしまったのかは、いまだにわからない。窮地に陥ったみずほを助けなければ、という気持ちが働いたのは確かだが、決してそれだけではないなにか、理屈では説明のできない感情の奔流《ほんりゅう》とでも言うべきものに衝《つ》き動かされてのこととしか思えない。

「病気で、三年間留年してるんです。高一ですけど、でも、俺、十八です」

「本当かね？」

と訊《き》く校長に、みのるとこのはとまどいつつもうなずいた。

「だから、俺は、先生の……いえ、みずほの夫です」

今の桂には、校長、みのる、このは、そして、みずほの四対の視線が集中する中、きっぱりとそう言い切ったのが、まるで、他人のしたことのように思える。宇宙人との偽装結婚。あまりにも荒唐無稽《こうとうむけい》で、まったく現実感がない。それをすることによって、これまでの日常にどんな変化が訪れるのか、桂には想像することもできなかった。ただひとつわかっているのは、みずほとの婚姻届に判をついたら、もう後戻りはできないということだ。行く先になにが待っているにせよ、前に進むしかなくなるのだ。

「いいのか、こんなことして？　そりゃ、こうしなきゃ、俺も先生も学校辞めさせられるから仕方ないけど、でも、でも……」

桂は無意識のうちに心中の葛藤《かっとう》を口に出していた。バスルームから出てきたみずほがそれを耳にして、リビングの出入り口からバスタオルを巻いただけの姿を覗《のぞ》かせる。

「どうしたの？」

湯上がりで淡いピンクに染まったふくらみは左右からきつく寄せられて、胸の谷間はぴったりと口を閉ざしている。一直線になった柔らかな肉の切れ込みに目を奪われた桂は、思わず、判子《はんこ》を持った手を婚姻届の上に落としていた。ハッとしてその手を持ち上げると、捺印欄《なついんらん》には、これ以上ないくらいしっかりと判が押されている。

「あ……」

こうして、草薙《くさなぎ》桂と風見《かざみ》みずほは結婚した。そして、ふたりの新しい生活がはじまった。

眠れない夜《スリープレス・ナイト》

朝、目が覚めると、目の前に胸の谷間があった。寝間着がわりに、みずほが着ている淡いピンクのキャミソール。その胸元から上半分を覗《のぞ》かせたふたつのふくらみが、窮屈《きゅうくつ》そうにせめぎ合っている。みずほは右半身を下にして横たわっているため、柔らかな双球は敷布団《しきぶとん》のほうへとまるみをはみ出させ、今にもこぼれ落ちそうだ。それは、同じ布団の中で、彼女と向き合うかたちで身を横たえていた桂《けい》の視界に真正面から飛び込んできた。ふたりのあいだには、大きく息を吸い込めば、肌の匂《にお》いが嗅《か》げるほどの距離しかない。視界いっぱいに大写しになった深い谷間は、ウブな少年の寝ぼけまなこを見開かせるのに充分なインパクトがあった。

うわ……。

起き抜けに刺激的なものを見てしまい、桂は横になったままのけ反りそうになる。すると、そうはさせまいとするように、みずほの左腕がのびてきて、寝癖《ねぐせ》のついた少年の頭を自分のほうへと抱き寄せた。

「わぷッ」

顔の下半分が、むにゅんとした感触に覆《おお》われる。鼻と口が深い谷間にうずもれて、息ができない。桂《けい》があわてて身をよじると、みずほは夢でも見ているのか、口の中でなにごとかつぶやきながら、かえって腕に力を入れてきた。

「んン～」

桂は抗議のうめきを上げたが、まだ夢の中にいるみずほの耳には届かないようだ。このままでは窒息して死んでしまう。考えようによっては、このうえなく幸せな死に方に思えるが、できれば人生に幕を引くのは、もう少し先にしたい。魅力《みりょく》的な谷間から顔をもぎ離すようにして、桂は《死の抱擁《ほうよう》》から逃れると、掛け布団を撥《は》ねのけ、身を起こす。

あー、苦しかった……。

敷布団の上にぺたりと腰を落としたまま、桂は大きく息をついた。一方、みずほは、わずらわしげに「うーん」とうめいただけで、まだ目を覚ます気配《けはい》はない。桂が抱かれるままになっていなかったのがお気に召さないのか、ごろんと寝返りをうち、背を向ける。そうすると、彼女は六畳間の真ん中に一組だけ敷いた布団の中から、畳の上へと出てしまう。キャミソールの背中は大きく開いていて、そこから覗くすべらかな肌には肩甲骨《けんこうこつ》のフォルムがうっすらと浮かび上がっていた。短い裾《すそ》からはむっちりとした太股《ふともも》がのび、肉付きのいい腰のあたりに目を凝《こ》らせば、薄《うす》い布地の上からショーツのラインが透けて見えそうだ。

桂は枕《まくら》元に置いてあったメガネを取ると、それを顔の定位置に据えた。ぼやけていた視界

がハッキリすると、みずほのしどけない寝姿が、今まで以上のインパクトで迫ってくる。

俺《おれ》、このひとと結婚したんだよな……。

手をのばせば届くところで、すぅすぅと安らかな寝息を立てている新妻の姿を見るともなく眺めていると、今さらのようにそんな感慨が胸に湧《わ》いてきた。

クラス担任のみずほ先生は実は宇宙人。それを隠すため、自分は彼女と結婚した——。こんなこと、誰《だれ》かに話しても、とても信じてもらえないだろう。桂《けい》も、これが我が身に起きたことでなければ、出来の悪い冗談と、一笑に付していたかもしれない。だが、厳然《げんぜん》たる事実として、草薙《くさなぎ》桂は風見《かざみ》みずほと結婚し、法律上は間違いなく夫婦となったのだ。そのうえ、いささか悪乗り気味の叔父《おじ》夫婦にそそのかされて、ウェディングドレスを身にまとったみずほと結婚式の真似事《まねごと》までしてしまった。こうなるともう、結婚した実感が湧かないなどと、のんきなことは言っていられない。

婚姻届に判をついた日の翌日には、みのるの手によって、江田島《えだじま》家にあった桂の荷物がみずほのアパートに運び込まれ、なかば強制的にふたりの同居生活がはじまった。みのるは、夫婦だからひとつ屋根の下で寝起きするのは当たり前という考えのようだが、これまでロクに女のコの手も握ったことのない桂としては、年上の女性とのいきなりの同居にとまどわざるをえない。

まず、第一に桂を悩ませたのは、新居（?）に布団が一組しかないことだった。桂は、江田島家に居候していたときはベッドを使っていたので、自分用の掛け布団はあっても敷布団はない。来客用に余分な布団の一組ぐらいありそうなものだが、アパートに運び込まれた荷物の中にそれはなく、やむなく、桂とみずほは同じ寝床に枕《まくら》を並べて夜を過ごしていた。新しい布団はそのうち用意すると、みのるは言っていたが、新婚生活がはじまって、もう四日になるのに、いまだにその約束が果たされる様子はない。

桂にとっては、妙齢《みようれい》の女性——しかも、裸同然の——と同じ布団で寝るだけでも落ち着かないのに、寝ぼけてのこととはいえ、起きるなり、さっきのような熱烈な抱擁をされては、あまり頑丈とは言えない理性のタガが弾《はじ》け飛びそうになる。実は昨日の朝も似たようなことをされていて、新しい布団が届くまで、毎朝、こんな目に遭わされるのではたまったものではない。ただでさえ、朝起きたときは、男性特有の生理現象として肉体の一部が充血しがちなのだ。そこへきて、まるで、そうなるのを煽《あお》り立てるような行為に出られては、用を足すにしろ、それ以外のことをするにしろ、一度はトイレに立たなければ、ちょっと人前には出れない状態になりそうだ。

そんな桂の気持ちも知らぬげに、夢の中で遊ぶみずほは甘いうめきを漏らしつつ、再び寝返りを打った。そうして仰向《あおむ》けになっても、豊かな胸のふくらみは少しばかり側面にまるみをはみ出させただけで、さして形を崩していない。サイズが合っていないのか、蝶々《ちようちよう》結びにしたチョコレート色のリボンをあしらったキャミソールの胸元は窮屈《きゆうくつ》そうで、薄《うす》い布地が乳房の表面にぴったりと張り付いている。それだけでも、そうしたものにもっとも興味《きょうみ》がいく年頃《としごろ》の少年には目の毒なのに、みずほは追い討ちをかけるように、左足を自分のほうに引き寄せ、膝《ひざ》を立てた。すると、腿《もも》のなかばにも達していないキャミソールの裾《すそ》がまくれて、ショーツが覗《のぞ》けそうになる。

わッ！

桂《けい》は見てはいけないものを見そうになって、あわてて目をそらした。

困るよ、こんなの……。

もともと血圧が低いほうだからよかったようなものの、そうでなければ、今ので鼻血を噴《ふ》いていたかもしれない。

「桂くぅーん」

突然、鼻に掛かった声で名を呼ばれ、桂はハッと顔をあげた。みずほが目を覚ましたのかと思ったが、彼女はまぶたを閉じたまま、口の中で、なにかむにゃむにゃ言っている。

なんだ、寝言か。

どんな夢を見ているのか、みずほはすっぴんの顔にしあわせそうな笑みを浮かべていた。

それにしても……。

無防備に横たわるみずほの肢体を見て、桂は思う。

胸、おっきいよな。

先ほど顔に押し付けられた、とろけるような柔らかさの中に意外なほどの弾力を秘めた感触を思い返すと、どうしようもなく顔の筋肉がゆるんでくる。桂は鼻の下ののび具合を確かめるように顔の下半分に手を当てると、微《かす》かに喉《のど》を鳴らして唾《つば》を呑《の》む。ゆるやかに上下する胸板の上で息づく果実はほどよく熟れて、手がのばされるを待っているかのようだ。

さわったら、怒られるよな。

当たり前だ。場合によっては、平手打ちの一発ぐらいは食らうかもしれない。

でも、こんなによく寝てるんだから……。

さっきのように、寝ぼけて自分から抱き着いてきても起きなかったのだから、少しぐらいさわっても目を覚まさないような気がする。

だったら……。

敷布団《しきぶとん》の上であぐらをかいた桂の右手が、わずかに持ち上げられる。

いや、ダメだ。俺《おれ》ってば、朝からなに考えてンだ？

桂は邪《よこしま》な考えを追い払おうと、ぶるぶると首を横に振った。

相手が眠っているのをいいことに、こっそり胸をさわろうとするなんて、人間として最低の振る舞いだ。していいこととは思えない。

「でも、みずほ先生とは結婚したんだし、それぐらいいいんじゃねぇの？」

いつの間にか、桂と同じ顔をした手のひら大の悪魔《あくま》が肩にちょこんと座り、耳元で囁《ささや》きかけてくる。

そ、そうだよな。俺《おれ》とみずほ先生は夫婦なんだし、ちょっとぐらいなら……。

桂《けい》が見えないテグスで釣られたみたいに右手を持ち上げると、小悪魔《こあくま》は「いいぞ、いいぞ」と囃《はや》し立てるような笑みを浮かべて、

「そうだ。夫婦なんだから、それぐらいはOKだって。思いっきり、むにゅむにゅしちゃえ」

音もなくのばされた桂の手が、たわわに実ったふくらみに触れようとしたとき、なんの前触れもなく、みずほがバネ仕掛けのおもちゃのように、むくりと身を起こした。

「ご、ごめんなさい！」

桂はあわてて引っ込めた腕で顔をかばうような格好になると、詫《わ》びの言葉を口にした。しかし、みずほはそれも耳に入らぬ様子で、とろんとした目を宙に向けている。どうやら、目を開けてはいるものの、頭の中はまだ眠っているようだ。

バレて……ないのか、な？

桂が顔の前にかざしていた腕をおろすと、ほどいた髪を背中に垂らしたみずほは、今、初めて彼の存在に気付いた風情で、

「あ、桂クン、おはよー」

「お、おはようございます」

冷や汗で背中にパジャマを張り付かせた桂が、ぎこちなく朝の挨拶《あいさつ》を返す。それに対して、

みずほは優しく微笑《ほほえ》んでから、起き上がった拍子にずれたキャミソールの肩紐《かたひも》をなおそうともせずに、ふらりと立ち上がった。トイレにでも行くつもりなのか、どこかおぼつかない足取りで、寝室に使っている六畳間の出入り口へと向う。やはり、みずほは桂が不届きな振る舞いに及ぼうとしたことにまったく気付いていないらしい。そのことにホッと胸をなでおろした桂の目が、寝床から少し離れたところに文字盤《ばん》を下にして置かれた目覚し時計を捉《とら》えた。

あれ？

確か寝る前にアラームをセットして枕《まくら》元に置いておいたはずなのに、どうしてあんなところにあるのだろう。嫌な予感に苛《さいな》まれつつ、桂は目覚し時計を手に取り、文字盤を見た。

「うわッ！」

時計の針がアラームをセットした時刻を大幅に過ぎているのを見て、桂が驚《おどろ》きの声を上げる。するると、引き戸を開けてダイニングキッチンのほうに行っていたみずほが引き返してきて、戸口から顔を覗《のぞ》かせた。

「どうしたの？　大きな声出して」

「せ、先生、これ！」

桂が目覚し時計の文字盤を見せると、みずほは顔を引きつらせ、

「ええッ、なんで？」

「なんで」も、なにも、目覚し時計があった位置から判断して、おそらくはそれが鳴りはじめ

るなり、なかば眠ったままのみずほがスイッチを切って、手近な場所に転がしておいたに違いない。桂《けい》はそのことを口にしようとしたが、すぐに今はそんなことを言っている場合ではないと判断すると、目覚し時計を置いて立ち上がった。なにしろ、始業時間まで、もう三十分もないのだ。学校までは全力で走っても十五分近くかかるから、のんびりと責任の所在を追及している暇はない。

洗面所に飛び込んだ桂は大あわてで顔を洗うと、前髪からしずくを垂らしたまま、アパートの玄関を入ってすぐの自室に足音荒く駆け込んだ。記録的な速さで詰め襟《えり》の制服に着替えると、学生鞄《かばん》を片手に部屋を出る。

一方、みずほは、ようやく洗顔をすませたばかりのようで、まだキャミソール姿のままだった。ダイニングキッチンから玄関へと向かう短い廊下の端に立った彼女は、ずいぶん混乱しているらしく、右手に歯ブラシ、左手にフライパンを持っている。

「桂クン、朝ごはんは？」

「そんな暇ないって」

「ダメよ、朝はしっかり食べないと。銀河連盟のマニュアルにも、そう書いてあるわ」

「そんなことしてたら、遅刻しちゃうって」

そう言いながら、桂がスニーカーに足を突っ込むと、みずほは不安げな顔になり、

「桂クン、ひとりで行っちゃう気？」

「しょうがないでしょ。遅刻しそうなんだし」

こんなときにかぎって、なかなかスニーカーに足が入らない。桂は苛立《いらだ》たしげにスニーカーの爪先《つまさき》を三和土《たたき》に打ち付けながら、

「それに、どっちにしても一緒には出れないんだから」

桂とみずほが結婚していることを確認した校長は、転任初日の体育用具室での《逢《あ》い引き》については不問に付すると言ってくれた。だが、同じ学校の教師と生徒が結婚しているのをおおっぴらにするのは、なにかと差し障りがあると判断したらしく、少なくとも桂が卒業するまではその事実を伏せておくよう、言い渡されてもいた。だから、夫婦揃《そろ》って、仲良く通勤・通学というのは許されない。もちろん校内でも、ふたりが先生と生徒以上の関係であるのではと、いらぬ憶測《おくそく》を招くような行為は厳《げん》に慎むよう戒められている。

ようやくスニーカーに踵《かかと》を押し込むと、桂はドアを開けて、

「それじゃあ、先行ってますから」

「あーん、薄情者《はくじょうもの》～」

みずほの非難を背中で聞きながら、桂はアパートの部屋を飛び出した。


間に合ったぁ……。

なんとかチャイムが鳴る前に教室にすべり込んだ桂は、荒い息をつきながら窓際の自分の席

に崩れるように腰を落とした。

「ギリチョンだな」

乱れた息を整える間もなく、間雲《まぐも》漂介《ひょうすけ》が声を掛けてくる。漂介は高校の一年にしては背が高く、引き締《し》まった体軀《たいく》は見るからに健康そうだ。だらりと裾《すそ》を出したワイシャツの袖《そで》を肘《ひじ》までまくり上げ、浅黒い肌を覗《のぞ》かせている。ボサッとのばした髪は脱色してあって、それがだらしない服装と相俟《あいま》って、この学校の校風の自由さを物語っていた。

詰め襟《えり》の制服の前を開けた桂《けい》は、隣《となり》の席の机の縁《ふち》に軽く尻《しり》をもたせかけた漂介を見上げると、つまんだトレーナーの襟をパタパタさせて、汗ばんだ胸元に風を送り込みながら、

「ちょっと寝坊しちゃって」

「寝坊?」

漂介の眉根《まゆね》が軽く寄せられた。だが、それはすぐに開かれて、にやけた笑みが口元に浮かぶ。

「ははーん、さては、おまえ、昨日の夜、みずほ先生のこと考えてヘンなコトしてたんだろ?そんで、夜更かししちまったってワケだ」

いきなりみずほの名が出たことに、桂は一瞬《いっしゅん》、ドキリとしたが、努めて平静を装って、

「なんで、そうなるんだよ」

「だって、そうだろ。ついこないだまで、じーさんだった担任が、若い女の先生にかわったんだぞ。しかも、あんなムチムチの」

漂介はナイスバディの女教師に対する気持ちの表われか、両手の指をわきわきと動かした。

「健康な男子たるもの、熱い情熱のほとばしるまま、ヘンなコトをしてしまうのも当然だ！」

「ヘンなコトって？」

横合いから不意に口を挟まれて、漂介は言葉を詰まらせた。声のしたほうを向くと、縁川《へりかわ》小石《こいし》が興味津々《きょうみしんしん》といった表情で、こちらを見ている。クリッとした目と、ほんの少し上向き気味の小さな鼻。髪は首をかしげなければ肩に触れない長さで、全体の印象は、どこか、悪戯《いたずら》な仔猫《こねこ》を思わせる。白いセーラー服に包まれた肢体は発育がよく、水泳の授業のときには、クラスメイトの男子の視線を集めずにはおかないだろう。

「ねぇ、ヘンなコトって、なんなのよ？」

小石はたじろいだ様子の漂介に重ねて訊《き》いた。

「それは、その……」

さっきまでの勢いはどこへやら、口ごもった漂介は助けを求めるように視線をさまよわせると、それを桂の前の席の四道跨《しどうまたぐ》の顔に向け、

「跨、おまえ、説明しろ」

「なんで、ボクが……」

突然、話を振られて、跨が迷惑そうに顔をしかめた。家が理髪店のせいか、面接試験でも受けに行くようなさっぱりとしたヘアスタイルで、秀でた額《ひたい》をあらわにしている。すっきりとし

た嫌味のない顔立ちは、誰《だれ》にも嫌われないかわりに強い印象を残すこともない。詰め襟《えり》のホックこそはずしているものの、制服のボタンを上まできっちり留めているところが、この少年の真面目《まじめ》さを窺《うかが》わせる。

「ほら、早くしろよ」

漂介《ひょうすけ》は、まるで、跨《またぐ》が自分に課せられた義務を怠っているかのような口調で催促した。しかし、跨は素っ気なく、

「だから、なんで、ボクが言わなきゃなんないのさ」

「それは、ほら、そーゆーコトにいちばん詳しそうだし」

「だったら、桂《けい》だろ」

「おい、待てよ」

どういう意味だ、と言いたげな顔で、桂がふたりの会話に割って入る。

小石《こいし》は男子三人の言い合いを面白《おもしろ》そうに見ていたが、やがて、明らかに正解がなにかわかっている表情で、

「要するに、言えないようなコトなんだ」

「う、まあ、そーゆーコトだ」

漂介が、この話題を早く打ちきりたそうな顔でうなずく。

「なるほどねぇ……」

小石は腰のうしろで手を組むと、少し前屈《かが》みになって、椅子《いす》に座った桂の顔をまじまじと見た。そうすると、セーラー服の逆三角形の胸当てが紙パックの牛乳の飲み口のようになり、チラリと覗《のぞ》く胸元に桂の視線を誘い込もうとする。

「桂クンてば、みずほ先生のこと考えながら、そんなコトしてたんだ」

「だから、してないって！」

「桂、正直になれよ」

矛先が桂に向かったと見るや、すぐさま漂介がしゃしゃり出てきた。一方、跨はうっかり口を挟んでとばっちりを食っては大変と、黙《だま》ってなりゆきを見守っている。

「男たるもの、おいしそうなオカズがあれば、味見したくなる。それが、自然な姿だろ」

「で、漂介クンはどっちの手で味見したの？」

絶妙のタイミングで、背後から抑揚のない声で問われた漂介は、ついうっかりと、

「俺《おれ》は、もちろん右手で……」

そこで、ハッとして振り向くと、いつの間に忍び寄ったのか、すぐそばに森野《もりの》苺《いちご》が立っていた。そして、その隣《となり》には水澄楓《みすみかえで》もいる。

苺は小学生かと見まがうばかりに小柄で、漂介ぐらいの体格ならば、彼女を小脇《こわき》に抱えて走れそうだ。なにを言うときも、書かれたものを気乗り薄《うす》に読んでいるような平坦な口調で、顔の表情もそれに合わせたように乏しく、時折、とても十代の少女のものとは思えない皮肉な笑

みを浮かべることがあるだけだ。栗色《くりいろ》がかった髪を腰までのばした彼女は、どういうわけか、クラスの中でひとりだけ、他《ほか》の女生徒達とは違う制服を身に着けていた。襟元《えりもと》に黒いリボンをふわりと結んだ白いブラウスに、裾《すそ》にラインの一本入ったプリーツスカート。長袖《ながそで》のニットウエアはオフホワイトで、それと同色のオーバー・ニーソックスが折れそうに細い脚の大半を覆《おお》っている。

一方、楓《かえで》は身体《からだ》の中に四分の一だけ流れるアイルランド人の血のせいか、苺《いちご》とは対照的に、この年頃《としごろ》の少女にしては大柄なほうだった。モデル並みとまではいかないが、スタイルはよく、女子の中にはひそかに彼女の身長を羨《うらや》む者も少なからずいるようだ。だが、当の本人は自分の背の高さを気に入ってはいないらしく、他のひとより少し多めに空間を占拠していることが申しわけないとでもいうように、常に身を屈《かが》め気味にしていた。そうしたことからもわかるように性格は引っ込み思案で、なにをするにもおずおずとした、臆病《おくびょう》な草食動物めいたところがある。のびやかな肢体は、どこもかしこも柔らかそうで、アイルランド人の祖母との血の繋《つな》がりを証明するゆるくウエーブした赤毛は、幅広のリボンでポニーテールにされていた。

苺は、漂介《ひょうすけ》がはずみで顔の高さまで持ち上げてしまった右手に冷たい視線を注ぐと、

「漂介クン、きょうはそっちの手でわたしにさわらないでね」

「頼まれたってさわるかよ！」

漂介がヤケになったように吐き捨てる。そんなふたりのやり取りを見て、楓は漂介が《味

見》をしているところでも想像したのか、ひとり顔を赤らめていた。

そうこうするうちに始業時間が訪れ、出席簿《ぼ》を小脇《こわき》に抱えたみずほが教室に入ってきた。それまで、教室のあちこちでおしゃべりに興《きょう》じていた生徒達は各々の席に着くと、口を閉ざして前を向く。教壇《きょうだん》に立ったみずほは、服はいつもの女教師然としたコーディネートだが、髪はまとめずに背中に垂らしたままだ。おそらくは始業時間ギリギリまでアパートの部屋で身支度をし、それから校内のどこか目立たない場所に空間転移してくるという《裏技》を使ったのだろうが、それでも髪をセットする時間を捻出《ねんしゅつ》することはできなかったようだ。

教室の真ん中あたりの席に座った漂介は、いつもと違うみずほのヘアスタイルを見るなり、持ち前の大声で、

「センセー、イメチエンですかぁ？」

「ちょっとね」

気まずそうな笑みを浮かべたみずほは曖昧《あいまい》な返事でごまかすと、出席を取りはじめた。


腹減ったぁ～。

三時限目の終了を告げるチャイムが鳴るなり、桂《けい》は腹を押さえて、机にべったりと上半身を預けた。ひ弱な見た目にふさわしく、どちらかと言えば食は細いほうだが、それでも朝食抜きだと、さすがに腹が減る。まだ、食べ物の幻覚が見えるほどではないが、昼休みになるのが待

ち遠しくて、授業の内容はさっぱり頭に入らなかった。

「どうかしたの？」

そばにきた小石《こいし》が心配そうに桂《けい》の顔を覗《のぞ》き込む。

「いや……」

桂がなにか言うより先に、腹の虫が、ぐぅーッと鳴いて返事をした。

「桂クン、おなかすいてんだ」

「今朝、寝坊して朝飯抜きだったから」

上体を起こした桂が、照れながら言う。

「なら、早弁すればいいのに」

「俺《おれ》、今日、昼飯、パンなんだ」

購買部《こうばい》に昼食用のパンが搬入されるのは四時限目の途中で、生徒達は昼休みになるまで買うことはできない。だから、弁当持参でなければ、早弁はできないのだ。

「そっか」

小石は少し考えてから、いいことを思い付いたのを知らせるように、パンと両手を打ち合わせる。

「だったら、あたしのおべんと食べる？」

「いいよ、そんなの悪いよ」

「遠慮《えんりょ》しなくていいって」

「でも……」

「それに、あたし、今、ダイエット中だから、半分ぐらい食べてもらったほうがいいんだ」

小石《こいし》は、もうそうすることに決めてしまったのか、弁当を取ってくるために、自分の席へと向かう。彼女はすぐに戻ってくると、自分の弁当を桂の机の上に置いて包みを解《ほど》いた。

「縁川《へりかわ》、やっぱり悪いよ」

「いいって、いいって」

と言いながら、小石が楕円《だえん》形のかわいらしいランチボックスの蓋《ふた》を開く。冷えたごはんの横に詰められていたおかずは卵焼き、ミートボール、ほうれん草のおひたしにゴボウとニンジンのきんぴらと、至ってオーソドックスだ。それらを目にし、おいしそうな匂《にお》いに鼻孔をくすぐられると、桂《けい》の腹が、もう我慢できないと訴えるように鳴る。

「はい」

小石の差し出した箸《はし》を手に取ると、桂はすまなさそうな顔を彼女に向けた。

「それじゃあ、悪いけど……」

「うん」

と小石はうなずいてから、

「さっさと食べちゃわないと、休み時間終わっちゃうよ」

桂は小石がいつも使っている箸を使わせてもらうことに、一瞬《いっしゅん》、ためらいを感じた。だが、まさか手づかみで食べるわけにもいかないし、あとで洗えばすむことだと考えて、握った箸をミートボールに突き立てる。

「お、なんだ、早弁か？」

弁当の匂いを嗅《か》ぎつけたのか、近寄ってきた漂介《ひょうすけ》が訊《き》くのに返事もせず、桂は小石の弁当を食べはじめた。

「どう？　おいしい？」

と小石が訊くと、桂はごはんとおかずを一緒に頬張《ほおば》りながら、

「うまいよ、うん」

彼女の家は弁当屋を営んでいるので味は保証付きだ。もっとも、今の腹のすき具合なら、よほどまずいものでなければ、おいしく感じるだろう。

「よかったら、全部食べていいわよ」

さすがにそれは悪いと思い、桂は箸を止めた。

「それだと、縁川の昼飯が……」

「あたしはパンでも買うわ」

「じゃあ、それ、俺《おれ》がおごるよ」

「ほんと？」

小石《こいし》が、意外に思えるくらいうれしそうな顔をする。

「もちろん」

と桂《けい》がうなずくと、小石は彼の口元に目を向けて、

「あは、桂クンたら、おべんとついてる」

「え？」

小石は、きょとんとしている桂の口元についたごはん粒を指でつまむと、それを自分の口に入れた。彼女のそうした振る舞いに、なんとなく照れ臭さを感じた桂が、それを紛らわせるように、再び弁当を掻《か》き込もうとしたとき、まだ、休み時間の終了を告げるチャイムも鳴らないのに教室の引き戸が開いて、みずほが顔を覗《のぞ》かせた。授業のない時間にでもやったのか、髪はいつものようにうしろでまとめられている。

「草薙《くさなぎ》クン」

戸口のところから中に呼びかけたみずほは、桂がランチボックス片手に口をもぐもぐさせているのを見付けると、目を大きく見開いて、

「まあ！」

しまった、と思ったが、もう遅い。こうまではっきりと早弁の現場を見られては、言い逃れのしようがない。

「草薙クン」

桂《けい》の席までやってきたみずほの声が尖《とが》っている。

「早弁ね」

ひとつ屋根の下に住まう夫婦でも、学校ではあくまでも教師と生徒だ。桂は口の中のものをあわてて呑《の》み込むと、しゅんとした態度になって、

「すみません」

「もう、しょうがないわねぇ……どうせ、朝ごはんをちゃんと食べてこなかったんでしょう」

みずほは百も承知のことを、さも知らないことのように言う。

朝飯食い損ねたのは、先生が目覚まし止めたせいだろ……と喉《のど》まで出かかったが、桂はそれをグッとこらえた。クラスメイトが注視する中で、自分とクラス担任が同居していることを匂《にお》わせるようなことを口にするわけにはいかないからだ。

「いいこと、草薙《くさなぎ》クン。学校生活にはちゃんと決まりがあって、みんながそれを守って……」

朝、家を出るときに置いてきぼりにされたことへの仕返しか、みずほが柄にもなく、クドクドと説教をする。

「あのー」

チャイムが鳴ったのも気付かずに、しゃべりつづけるみずほの背後から、おずおずと声が掛けられた。みずほがびっくりして振り向くと、すぐそばに山田《やまだ》正臣《まさおみ》が立っている。正臣はこの学校の講師《こうし》で、年齢《ねんれい》は二十代なかばといったところだろうか。肩に掛かるほどの長髪で、目元

はのばした前髪に隠されている。顎《あご》には無精鬚《ぶしょうひげ》をまばらに生やし、寝起きの農耕馬のような、ぬぼーッとした所作を見ると、とても教育に携わる人種とは思えない。担当教科は技術で、放課後は校庭の隅の物置で人力飛行機の制作に血道をあげているという変わり種だ。

「や、山田先生……」

みずほがたじろいだ様子を見せると、正臣は申しわけなさそうに、

「次、ボクの授業なんですけど」

「あ、すみません」

今度はみずほが謝《あやま》る番だ。彼女は正臣に、なにか言い訳めいたことを言ってから、教え子達の忍び笑いに追い立てられるようにして、そそくさと教室を出て行った。

昼休みになるなり教室を出た桂は、購買《こうばい》部へ向かって廊下を足早に歩いていた。もちろん、目的は昼食のパンを買うためだ。休み時間に小石《こいし》の弁当を半分ばかり食べて、一応、腹の虫は鳴くのをやめたが、まだ満腹というほどではなくて、あと、パンの一、二個は入りそうだ。それに、小石は残った弁当で充分と言っていたが、やはり、自分が食べた分の穴を埋めるため、パンのひとつも買って渡すべきだろう。

ヤキソバパンとかよりは、甘いデザートっぽいもののほうがいいかな……と、小石に買ってやるパンのことを考えながら歩いていた桂は、廊下の角を曲がった瞬間《しゅんかん》、本来はそこにある

はずのない白い壁《かべ》に直面して足を止めた。

な、なんだ？

あまりのことに驚《おどろ》きの声も出せないでいると、背後から聞き覚えのある声で、

「桂《けい》クン」

振り向くと、息が掛かるほど近くにみずほが立っていた。

「先生！」

桂が思わず大きな声を出すと、みずほは立てた人差し指を唇に当て、

「シッ！　大きな声出さないで」

みずほと向き合うかたちになった桂がまわりを見まわすと、ここはトイレの個室の中らしく、ふたりの足のあいだには和式の便器があった。

みずほ先生、また、やったな……。

以前、桂を体育用具室にいざなったときと同じように、亜空間ホールを使って、ここと廊下の曲がり角との空間をつなげたのだろう。

「こんなことして、こないだみたいに、また閉じ込められたらどうするんですか」

桂が非難の声を上げると、みずほは、グッと顔を近付けてきて、

「大きな声出さないでったら」

確かに、トイレの個室にふたりで入っているところを見付かれば、体育用具室に閉じ込めら

れていたとき以上の騒《さわ》ぎになるだろう。そうなっては、あのときは不問に付してくれた校長も、堪忍袋の緒《お》を切らせるに違いない。

「ここは中からしかカギが掛からないんだから大丈夫よ」

と、みずほが言うのを聞いて、それもそうかと、桂は落ち着きを取り戻した。

「で、用はなんなんです？」

桂が声をひそめて訊《き》くと、みずは言いにくそうに口ごもってから、

「さっき、桂クン、誰《だれ》のお弁当食べてたの？」

「はぁ？」

予想外の質問に、桂はとまどいの表情を浮かべた。

「なんです、それ？」

「ちゃんと答えて」

意外に真剣なみずほの気迫に押され、桂は、よくわけがわからないまま、

「誰のって、縁川《へりかわ》のだけど」

「やっぱり……」

早弁をしていた桂の机のそばには小石《こいし》が立っていたのだから、桂が弁当を持ってきていないことを知っているみずほとしては、弁当の持ち主が小石だと考えるのは、まあ、当然だろう。

「それが、どうかしたの？」

心底、不思議そうにしている桂《けい》の顔を、みずほはじっと見てから、ぷいと横を向く。

「どうもしないわ」

「……って、なんだよ！」

桂の声が、思わず高くなる。

「大きな声出さないでって言ってるでしょ」

と言ってから、みずほは心の中で、そっと付け足した。

わたしにだって、わかんないわよ……。

どういうわけか、みずほは桂がクラスメイトの女のコのそばで、彼女のものらしき弁当を食べているのを見た瞬間《しゅんかん》、とても嫌な気持ちになったのだ。自分でも、ただそれだけのことに、なぜ、こんなにも心が掻《か》き乱されるのか不思議だった。みずほ本人にもよくわからないことなのだから、桂にはまったくの謎《なぞ》で、心の中で首をひねるしかない。

「用はそれだけなんですか？」

納得がいかないまま桂が訊《き》くと、みずほはそう言われて初めて思い出したという様子で、左手に持っていたものを少年のほうに差し出した。

「はい、これ」

みずほの手に握られていたのは、スティックタイプのチョコスナック——ポッチーの箱だった。このお菓子は彼女の好物であると同時に、ほとんど覚えていない父親の面影を偲《しの》ばせるものでもあった。箱だけで中身はなかったが、早くに亡くなったみずほの父が、唯一、故郷の地球と関わりのあるものとして残してくれたのが、これだったのだ。このチョコスナックが彼女の好物となったのは、味の好みだけでなく、そうしたものであったからこそだろう。

「ほんとは、さっきの休み時間に渡そうと思ったんだけど」

「え、それじゃあ……」

　みずほが三時限目と四時限目の休み時間に教室に顔を出したのは、桂を呼び出して、こっそりこれを渡すためだったのだ。

「でも、どうして？」

　赤に白抜きで「Ｐｏｃｈｙ《ポッチー》」と書かれた、分厚いノベルズとほぼ同じ大きさの箱を受け取った桂は、答えを求めてみずほの顔に目を遣《や》った。すると、彼女は拗《す》ねたように目をそらし、

「朝ごはん食べてないから、おなかすいてるだろうと思って」

　気にしてくれてたんだ……。

　桂はちょっと虚を衝《つ》かれた表情になり、あらためてみずほの顔をまじまじと見た。

「でも、お昼休みになってから渡してもしょうがないわよね」

「そんなことな……」

　桂がなにか言おうとすると、みずほはそれを遮って、

「まりえ、空間転移よ」

どこにいるのかわからないが、まりえが受けた指示を実行すると、みずほの身体《からだ》が光に包まれる。

「あ、先生」

呼び止める声を振り切るように、みずほの姿は光とともに消え、桂《けい》の手にはポッチーの箱だけが残された。

「………」

桂はしばらくのあいだ、無言でチョコスナックのおなじみのデザインの箱を見詰めていた。

だが、いつまでもこうしているわけにもいかないと、なんとなくすっきりしない気持ちで、スライド式のカギを開けて個室の外に出る。その途端《とたん》、ちょうど隣《となり》の個室に入ろうとしていた女生徒と目が合った。

え？

一瞬《いっしゅん》の静寂――。

まさか、ここって……。

てっきり男子トイレの中だと思っていたが、どうやらそうではなかったようだ。

「キャアーッ！」

女生徒の黄色い悲鳴に背中を突き飛ばされるようにして、桂はポッチー片手に女子トイレを飛び出した。

「ただいまー」

ドアのカギを自分で開けて、アパートに帰ってきた桂は、誰《だれ》もいない部屋の奥に向けて、無意識のうちにそう声を掛けていた。もちろん、中から返事はない。薄暗《うすぐら》い玄関からはダイニングキッチンにまで、短い廊下がまっすぐにのびている。入ってすぐの左手に桂の部屋があり、その向かいがトイレのドアだ。そのあいだを通って先に進むと、右手に風呂《ふろ》場へとつづく脱衣場の出入り口がある。廊下からダイニングキッチンに入った正面に引き戸があって、その向こうが寝室に使っている和室。ダイニングの床はフローリングで、リビングルームとつづきになっている。

自分の部屋で制服から普段《ふだん》着に着替えた桂は、冷蔵庫に入っていたペットボトルのウーロン茶で喉《のど》を潤《うるお》してから、リビングルームのソファに、どさりと腰をおろした。なんだか今日は、朝からドタバタしてくたびれた。部屋の角に内接する弧を描くソファの背もたれに身を預け、ぼんやりと天井を見上げる。ひとつため息をついてから、しばらくそのままでいた桂は、なにげなく投げ出した手の先が、なにか柔らかいものに触れたのを感じて、そちらに視線を向けた。

なんだ、コレ？

クシャッとまるめてあった布切れを、指でつまんでひろげた途端、桂は両目を大きく見開いた。なぜなら、それは、みずほが寝間着がわりに着ていたキャミソールだったからだ。

こ、これって、先生の……。

朝、よほどあわてていたのか、みずほは脱いだものをそのままにして部屋を出たらしい。材質はなにかわからないが、すべらかな肌触りのインナーには、着用者の匂《にお》いがほのかに残っているようで、それを顔の前にひろげていると、今朝のことが否応《いやおう》なく思い出されてきた。

深い胸の谷間、そこに顔を押し付けられたときの感触、鼻腔《びこう》を満たす異性の肌の匂い、心地よいぬくもり——。

先生の胸、柔らかかったな……。

寝ぼけたみずほにいきなり抱き着かれたときは驚《おどろ》きばかりが先に立ち、とても、その感触を味わうどころではなかった。今になって思うと、ひどく惜しいことをしたような気がする。

いつの間にか、だらしなく口元をゆるませていた桂《けい》は、我が身の分身が朝起きたときより大変な状態になりつつあるのに気付いた。

わッ、コラ、戻れ！

桂はあわてて、胸の裡《うち》でイタズラ小僧を叱《しか》り付けたが、これぱかりは意思の力でどうにかなるものではない。こいつを静めるには、冷たい水をぶっかけるか、あるいは……。

「男たるもの、おいしそうなオカズがあれば、味見したくなる。それが、自然な姿だろ」

突然、漂介《ひょうすけ》が臆面《おくめん》もなく言い放った言葉が脳裏に浮かんだ。実際に聞いたときは、また、馬鹿《ばか》なことを……と思ったが、今はすっかりそれに同調する気持ちになっていた。

そ、そうだよな。それが、自然なことだよな……。

学校の帰りに夕食の買い物をしてくると言っていたから、みずほが帰ってくるまでには、まだまだ時間がある。オカズの味見をするには、絶好の機会だ。桂はゴクリと生唾《なまつば》を呑《の》むと、手にしたキャミソールに顔を近付けた。肌から移ったぬくもりは、とうに失われていたが、微《かす》かに残った匂いだけでも、胸いっぱいに吸い込みたいと思ったのだ。だが、それを実行に移そうとした矢先、桂はあるはずのない視線を感じて、ふと顔を上げた。彼が座っているところと対角線上の部屋の角に置かれたテレビの上に、ちょこんと座ったまりえが、じっとこちらを見ている。

あ……。

今さらそんなことをしても無駄なのに、桂は反射的に、手にしたキャミソールを腰のうしろに隠した。悪戯《いたずら》の現場を見られてみっともないくらいうろたえている少年に、まりえは感情の読み取れない虚《うつ》ろな瞳《ひとみ》を向けてくる。

「いや、あのこれは、別にヘンなコトをしようとかってゆーんじゃなくて……」

こちらの言葉がちゃんと伝わるのかも定かではない相手に、桂が懸命《けんめい》に弁解をする。なんとなく、まりえの目を通して一部始終をみずほに見られていたような気がして、そうせずにはいられなかったのだ。恥ずかしいところを見られたという引け目があるせいか、まりえの小さな瞳《ひとみ》には、軽蔑《けいべつ》の色が浮かんでいるようにも感じられる。とにかく、いつまでもみずほのキャミソールを握り締《し》めているわけにもいかないので、桂《けい》は脱衣場に行って洗濯機《せんたく》の横の籠《かご》にそれを入れると、まりえと顔を合わすのを避《さ》けるように、その足で自分の部屋に向かった。

みずほがアパートに帰ってきたのは、六時をまわった頃《ころ》だった。ドアの開く音を聞いて、桂が自分の部屋から顔を出す。

「ただいまぁ」

「おかえり」

玄関の上がり框《かまち》には大きくふくらんだスーパーマーケットの袋がふたつ置いてあった。靴を脱いだみずほが、それを左右の手にひとつずつ持とうとするのを、桂は押しとどめ、

「ひとつ持つよ」

袋は見た目以上に重かった。中は、ほとんど食料品だ。先に立ってダイニングキッチンに入ったみずほは、冷蔵庫のそばに袋を置いた。桂もその横に袋をおろすと、

「ずいぶんたくさん買い込んできたんですね」

「明日のお弁当の分もあるから」

「お弁当？」

桂が怪訝《けげん》な顔をすると、ドアを開けた冷蔵庫の前にしゃがみこんだみずほは、

「明日から、桂クンのお弁当、わたしが作るわ」

「え……でも、それって、大変じゃない？」

銀河連盟の辺境惑星駐在監視員《ちゅうざいかんし》と高校教師を掛け持ちしているうえに、寝ぼけて目覚ましを止めて寝過ごしてしまうような彼女に、毎日、早起きをして夫の弁当を作るなどということができるのだろうか。

「平気よ」

みずほはこともなげに言い切ると、袋の中身を冷蔵庫に移す手を休めずに、

「それに、愛妻弁当を作るのは妻の務めだって、銀河連盟のマニュアルにも書いてあるわ」

「桂クン、ごはんできたわよー」

みずほに呼ばれてリビングに足を運んだ桂は、毛足の短いカーペットを敷《し》き詰めた床の真ん中に置かれた座卓の前に座った。座卓の上には、すでに夕食の用意が整えられている。メインディッシュは陶器の深皿に盛られたカレー。サラダはゆでたキャベツに、厚めにスライスしたキュウリ。これだけなら別にどうということもないが、桂の目を引いたのは、皿に並べて置かれたふたつのコッペパンだった。銀紙に包まれたひとり分のマーガリンと、ビニールの小袋に入ったイチゴジャムが添えられている。そして、とどめとばかりに、ビン入りの牛乳が一本。

これって、夕食じゃなくて給食なんじゃ……。

おなじみのメニューに、見慣《みな》れた食器の配置ではあるが、決して家庭内ではお目にかかるこ

とはないと思っていただけに、なんとも言えない違和感がある。

桂《けい》は座卓の上に並べられた料理を指差して、

「あの、これ……」

「あ、デザートのプリンは冷蔵庫の中よ。食べるまで、冷やしておいたほうがいいと思って」

桂が、どう言ったものか、という顔をしていると、みずほは人間に話し掛けられたセキセイインコのようにかわいく首をかしげて、

「やっぱり、一緒に出したほうがよかったかしら」

「いや、そーゆーコトじゃなくて、このメニューなんだけど……」

「なにか変かしら？　マニュアルには人気メニューだって書いてあったんだけど」

確かに、これを小学校の給食の時間に出せば、子供たちは喜ぶだろう。人気メニューであるのは間違いない。しかし、夕食のメニューとなると、そぐわないと言わざるをえない。前から、みずほが手本にしている銀河連盟のマニュアルとやらには、現地人の桂から見ると頓珍漢《とんちんかん》な記述が多いと思っていたが、今回の件も、それを鵜《う》呑《の》みにしたために起きたことのようだ。

みずほはおかしいところがあるなら教えてほしいという顔で、桂のほうを見ている。だが、桂はうまい言い方が思い付かなくて、結局、説明はあとまわしにすることにした。別に食べられないものが食卓に並んでいるわけでもないし、調理の仕方が間違っているわけでもない。ただ、その取り合わせが、ある特定の状況でしか出されない食事の形態を連想させるというだけ

だ。それだけに、かえってこの違和感を伝えるのは難しく、相手が宇宙人ではなく、同じ地球に住まう外国人であっても、完全に理解させるのは不可能かもしれない。それに、そうしたことで時間を食っていては、せっかくの料理が冷めてしまう。

「とりあえず、食べよう。説明はあとでするから」

と桂が言うと、決して口にできないようなものを作ってしまったわけではないとわかって、みずほがホッとした顔になる。

「じゃ、いただきまーす」

そう言うとき、桂は、いつもはしないのに、無意識のうちに行儀《ぎょうぎ》よく手を合わせていた。やはり、メニューがメニューだけに、給食気分になっているようだ。スプーンで、とろみの薄《うす》いカレーをすくって口に運ぶ。思った通り、かなり甘口で、子供向けの味付けになっている。それはまあいいとして、こんなふうに学校の先生と向き合って、ふたりだけで給食めいた食事を摂《と》っていると、小学生の頃《ころ》、きらいなおかずがなかなか食べられず、昼休み、クラスメイトがみんな遊びに行ったあとも教室に残されていたことが思い出されて、なんとも居心地が悪い。そんな思いをいだきつつ、この奇妙な夕食を半分ばかり平らげた桂は、みずほが食事をしながらも、自分の口元をじっと見詰めているのに気が付いた。

「なに?」

と訊《き》くと、みずほはスプーンを持った手を止めて、

「桂《けい》クンは三角食べしないのね」

三角食べ……。

久しぶりに耳にした懐《なつ》かしい言葉。まさか、そんな言葉がみずほの口から出ようとは思ってもみなかっただけに、軽い驚《おどろ》きを感じた桂は彼女の顔をまじまじと見た。「三角食べ」とは、給食を食べるときに、おかず、パン、牛乳と順に一口ずつ食べるのを繰《く》り返すことだ。それらの三つは、大抵、給食のトレイの上では三角形の各頂点に配置されていることから、そう呼び習わされるようになったのだろう。そうやって食べると消化にいいということで、桂もそうするようにと小学校で習った覚えがあるが、実行してはいなかったような気がする。

「マニュアルには、そうするのが基本だって書いてあったんだけど」

完全に間違いだとは言い切れないが、やはり、銀河連盟のマニュアルには問題のある記述が多いようだ。一度、なにが書いてあるのか、ちゃんと確かめたほうがいいだろう。ひょっとすると、「白米を食べるときは八十八回嚙《か》むように」ぐらいのことは書いてあるかもしれない。

食事がすむと、桂は率先して汚れた食器をキッチンに運んだ。料理を作ってくれたみずほに後片付けまでさせるわけにはいかないと思ってのことだが、まだ、今日の夕食のメニューのどこがどうおかしいのかをうまく説明する言葉を思い付けないでいたので、そのための時間稼《かせ》ぎをしようという思惑もあった。

桂が食器を洗いだすと、みずほは片付けられた座卓の上にノートパソコンに似た端末を置き、

タッチパネルのキーボードに指を走らせはじめた。彼女は辺境惑星の駐在監視員《ちゅうざいかんしいん》として、所属部署の上司に定期的な報告をする義務があり、そのためのレポートを作成しているのだ。作業はなかなか進まないらしく、後片付けをすました桂《けい》が様子を見ると、みずほは眉間《みけん》に皺《しわ》を寄せて、マシンのディスプレイとにらめっこしていた。どうやら、夕食のメニュー云々《うんぬん》は、今の彼女の頭の中にはないようだ。これさいわいと、桂は宿題をするからと言って自分の部屋に行き、言った通りのことをしはじめた。もっとも、それは最初の三十分ぐらいで、そのあとは、一応、机に向かってはいるものの、ラジオを聴いたりマンガを読んだりと、宿題をしているとは言いかねる状態だった。そんな「ながら勉強」をしているうちに、時計の針は十時をまわり、桂がそろそろ風呂《ふろ》に入ろうかと思ったとき、それを待っていたようにドアがノックされた。

桂は机の上にひろげていた雑誌をあわてて片付けると、ノートの綴《と》じ目に転がしてあったシャープペンシルを手にしてから、

「はい、どうぞ」

ドアが開き、隙間《すきま》からみずほが顔を覗《のぞ》かせる。

「お風呂あいたわよ」

グッドタイミングと思いつつ、回転椅子《いす》をまわして身体《からだ》ごとドアのほうを振り向いた桂は、勉強していたのを装うために手にしたシャープペンシルを危うく落としそうになった。なぜなら、ドアから半身を覗《のぞ》かせたみずほは、全裸にバスタオルを巻き付けただけの格好だったから

だ。風呂《ふろ》からあがって、すぐにそのことを知らせにきたらしく、髪はまだ濡《ぬ》れたままだ。湯上がりの肌は桜色に染まり、白いバスタオルがそれを引き立てている。上半分があらわになった胸のふくらみは、左右からきつく寄せられて、閉ざされた谷間の口は一本の直線になっていた。そこはいかにも窮屈《きゆうくつ》そうで、今にも、折って留めてあるだけのバスタオルを弾《はじ》き飛ばすんじゃないかと、ハラハラさせられる。彼女が身体《からだ》に巻いているバスタオルはさして大きなものではないので、下のほうは腿《もも》のなかばにも達しておらず、少しでも派手《はで》な動きをすれば、合わせ目が割れて、女体のトップシークレットが覗けそうだ。

桂は呆然《ぼうぜん》と目を瞠《みは》り、咄嗟《とつさ》には返事もできないでいた。

「冷めないうちに、つづけて入ってね」

みずほは自分の姿が、ウブな夫にどれほどの衝撃《しようげき》を与えたかも知らぬげに、それだけ言うと、顔を引っ込めてドアを閉めた。

まいったなあ……。

バスタブに満たされた湯の中に身を浸すと、桂は天井を仰いでため息をついた。さっきからバスタオル一枚のみずほの姿が目の前をチラついて離れない。両手で湯をすくい、バシャバシャと音を立てて顔を洗ってみたが、それぐらいでは、脳裏にしっかりと焼き付いた刺激的な映像は消えそうにない。

みずほ先生って、なんで、ああなのかな？

恥じらいがないのとは、また違う、自分の肢体や振る舞いが異性の興味《きょうみ》を引くことに気付いてないとしか思えない、子供のような無防備さ。そのクセ、邪《よこしま》な視線には意外と敏感で、変な目で見られていることに気付くと、過剰なほど恥ずかしがったり、怒って頬《ほお》をふくらませたりする。

やっぱ、宇宙人だからかなぁ……。

みずほは何万光年も離れた宇宙の彼方《かなた》からやってきたのだ。地球にへばりついて生きている人間とは、どこか感覚のズレがあるのかもしれない。

それとも、桂《けい》に対するあの無防備さは、夫婦ゆえのことなのだろうか。桂とは夫婦だから、裸ぐらい見られてもいいと思っているのだろうか。夫婦だから、寝ぼけて抱き着いてもいいと思っているのだろうか。夫婦だから、それ以上のこともしていいと……。

桂の頭に「それ以上のこと」が、矢継ぎ早に映しだされた。

な、なに考えてんだ、俺《おれ》！

前髪からしずくを飛ばしながら、桂は、ぶるぶると頭を左右に振った。しかし、そうしても邪念は振り払われるどころか、いろんなところに飛び火して、ますます手がつけられなくなる。

まずは、今、自分が身を浸している湯。この中に、ついさっきまでみずほが裸身を沈めていたのかと思うと、それだけで胸がドキドキしてきた。彼女の肌から染み出たエキスが湯に溶け込んでいるような気がして、飲んだら甘い味がするのではと、あらぬ妄想をいだかせる。

ついで、洗い場のほうに目を転じると、そこで身体《からだ》を洗うみずほの姿がありありと想像された。輝《かがや》くばかりの裸身を泡まみれにしたみずほ。たっぷりの泡でスベスベの肌がぬるぬるになり、ぬとぬとになっていたり、ぬちゅぬちゅになっていたりするところもあったりして、もし、そんな状態の彼女に抱き着かれでもしたら……。

自らの妄想に劣情を掻《か》き立てられた桂は、バスタブの中でひとり顔を赤くした。そう長い時間入っていたわけでもないのに、早くものぼせそうだ。頭がクラクラしてきた桂は、バスタブから出ようと腰を浮かせた。すると、自分の分身の先端がヘソより先に湯から頭を出す。もちろん、早く湯から出たくて、そうなったわけではないだろう。天井を向いた矢印が、なにを指し示しているかはわかりすぎるほどよくわかる。

ああ、もう、なんで、お前はそうなんだ……と、舌打ちしたが、それで治まるようなら苦労はしない。とにかく身体を洗う前に、これをどうにかしなければ、風呂《ふろ》から出られそうにない。桂はほんの少しためらってから、今の自分にとっての最優先事項を処理しはじめた。

パジャマ姿で首にバスタオルを掛けた桂がリビングに入ってくると、座卓のそばの床に座ってテレビを観ていたみずほが、出入り口のほうに顔を向け、

「結構、ゆっくりだったのね」

「そ、そうかな……」

よんどころない事情でいつもより長湯をしてしまった桂《けい》は、普段《ふだん》の湯上がり以上にさっぱりとした顔をこわばらせた。みずほのことだから、今の言葉になにか含むところがあるとは思えないが、こちらに疚《やま》しい気持ちがあるだけに、少しギクリとしてしまう。桂はキャミソール姿のみずほの視線を避《さ》けるように、彼女が背を向けている壁際《かべぎわ》のソファに腰をおろした。

「テレビ観てたんだ」

黙《だま》っているのが気まずくて、桂は見ればわかることを訊《き》いてしまう。

「ええ」

と、みずほはうなずいて、

「これも仕事のうちだから」

なるほど、彼女にしてみれば、テレビを観るのも、銀河系の一辺境惑星である地球の文化を知るための調査の一環ということらしい。もっとも、そのわりには、手元に冷たいウーロン茶の入ったグラスを置き、好物のポッチーをかじりながらと、ひどくリラックスした様子に見える。ブラウン管に映っているのは若手のお笑い芸人がたくさん出ているバラエティ番組で、桂は特に面白《おもしろ》いとは思わなかったが、星の彼方《かなた》からきたみずほには物珍しく感じられるのか、興味津々《きょうみしんしん》といった表情だ。

桂はしばらくのあいだ、テレビを観るともなく観ていたが、コマーシャルになった拍子に、視線をブラウン管からはずし、なにげなくみずほのほうを見た。相変わらず、彼女はテレビに目を釘付けにしたままだ。洗ったばかりの髪は、いつにもましてしっとりとして、ほのかにシャンプーの匂《にお》いを漂わせている。ミツバチのように匂いに引かれたわけではないが、不意に桂は、テレビに熱中しているみずほを背後から抱きすくめたい衝動《しょうどう》に駆られた。

もし、本当にそんなことをすれば、みずほはどうするだろう？　驚《おどろ》いて、抵抗するだろうか。考えるまでもない。もちろん、彼女は腕を振りほどこうと抗《あらが》うだろう。絶対、そうだ。そうに違いない。いや、でも、ひょっとしたら……。

桂の脳裏に、今朝の出来事がフラッシュバックする。

朝は向こうから抱き着いてきたんだ。だったら、夜は、こっちから抱き付いたって……。

鼻面が埋まるほど深い胸の谷間、すべらかな肌の感触、匂い、息遣い——寝ぼけたみずほに抱き着かれたときの記憶《きおく》が甦《よみがえ》り、頭の中でグルグルと渦を巻く。風呂《ふろ》に入ったときに邪《よこしま》な気持ちはすべて吐き出してきたはずなのに、いつしか下腹に湧《わ》いてきたそれは、急速に具体的な形を取ろうとしていた。

暑い。顔が火照る。胸がドキドキしてきた。大気中の酸素が急に薄《うす》くなったように息苦しい。頭の中が、あるひとつのことに占拠され、それしか考えられなくなる。そして、ついにそれを実行に移そうとしたとき、桂は何者かの視線を感じて、身を堅くした。あわてて顔を上げると、テレビの上に座ったまりえが、自分のほうをじっと見ている。ハッとして、桂は思わず、居眠

りしていたところを教師に指名された生徒のように勢いよく立ち上がってしまった。その気配《けはい》に気付いたみずほが振り向いて、

「どうしたの？」

「あ、いや、そろそろ寝ようかなって」

桂《けい》はまりえの視線を気にしつつ、咄嗟《とっさ》にそう言いつくろった。

「そうね。そろそろ寝ましょうか」

みずほはテレビの下に置かれたビデオデッキの時刻表示をチラリと見て、

「明日から桂クンのお弁当作るから、早起きしなきゃなんないし」

どうやら、みずほは本当に弁当を作ってくれる気のようだ。

テレビを消して立ち上がると、みずほは座卓の上を手早く片付けた。それがすむと、彼女は寝室に使っている和室に入って行く。今朝は寝坊をしたため、大あわてで家を飛び出したので、布団は敷《し》いたままになっていた。おそらくは、乱れた寝床を整えていたのだろう。しばらくすると、みずほはリビングの出入り口から顔を出し、いつまでもソファのそばに突っ立っている桂に、

「用意できたわよ」

「あ、うん」

と、返事はしたものの、桂はソファのそばから動こうとしなかった。

「桂クン……」

不審《ふしん》に思ったみずほが、もう一度声を掛けると、桂はソファに腰をおろして、

「俺《おれ》、今日は、ここで寝るよ」

こんなもやもやした気持ちを抱えたまま、みずほと一緒の布団に入っては、とても眠れたものではない。

「えッ、でも、お布団が……」

「ソファで寝るから、毛布だけあればいいよ」

桂はみずほの脇《わき》をすり抜けてリビングを出ると、脱衣場に行き、首に掛けたバスタオルを洗《せん》濯機《たくき》の隣《となり》の籠《かご》に入れた。戻ってくると、みずほはさっきと同じ場所に立っている。桂はその足で寝室に使っている和室に入り、押し入れから毛布を引っ張り出した。それを手に持ってリビングに引き返すと、敷居《しきい》の上に立ったみずほがおずおずと、

「桂クン……ひょっとして、わたしと一緒に寝るのイヤ？」

桂は、「嫌じゃないから困るんだ」と思いつつ、

「そんなことないけど、でも、ほら、ひとつの布団にふたりで寝てると窮屈《きゅうくつ》だし」

これは、あながち嘘《うそ》ではない。ただ、それが主な原因でないことは言わないでおく。

「そう……」

桂が思ってもみなかったほど、みずほがしょんぼりとした顔をする。

「わかったわ。それじゃあ、もう一組お布団が届くまで、そうするのね」

「うん」

と、桂《けい》がうなずくと、みずほは未練がましい目で彼のほうを見てから、

「じゃあ、おやすみなさい」

「おやすみ」

みずほが隣《となり》の和室に姿を消すと、なぜだか桂は、自分が彼女にひどい意地悪をしたような気持ちになった。軽く頭を振って、悄然《しょうぜん》としたみずほの姿を脳裏から追い出すと、リビングの電灯を消し、メガネをはずしてからソファに身を横たえる。桂はかぶった毛布を首の下まで引き上げると、鼻から息を吐き出しながら目を閉じた。それから、どれくらい経《た》っただろうか。

桂がうとうとしはじめたとき、隣室《りんしつ》の引き戸がそっと開かれる音がした。トイレにでも行くのかと思ったが、微《かす》かな足音は自分のほうに近づいてくる。ひとの気配《けはい》に身を起こした桂が、薄《うす》闇《やみ》を透かして見ると、リビングの出入り口から少し入ったところにみずほが立っていた。まるで、お気に入りのぬいぐるみを手放せない幼い子供のように、枕《まくら》を胸に抱いている。

「ごめんね、起こしちゃって」

みずほは上体を起こして自分を見つめる桂に謝《あやま》ってから、恥ずかしそうにこう言った。

「ね、桂クン。やっぱり一緒に寝てくれない？」

「え……？」

桂が物問いたげな目を向けると、頬《ほお》を赤らめたみずほは消え入りそうな声で、

「だって、ひとりだと、なんか寂しくて……」

あ……。

みずほの口から独り寝を嫌う理由を聞いた途端《とたん》、桂は目の前で手を打ち合わされたような軽い衝撃《しょうげき》を受けた。

そうか。そうだったのか……。

考えてみれば、みずほは気の遠くなるような距離を越えて、文化も風俗も違う星にたったひとりでやってきたのだ。しかも、そうした最果ての地で、自らが何者であるかをひた隠しにし、任務を果たさねばならないときては、心細くなるのも当然だろう。だが、そうは言っても、もし、彼女が桂と出会わなかったら、こんなふうに弱気にはならなかったかもしれない。望んで就いた任務なのだからと、自らを鼓舞して日々を過ごしていただろう。しかし、ひょんなことから草薙《くさなぎ》桂という少年と互いの秘密を分かち合ったことで、みずほはつらくなったときに寄りかかれる相手を見付けてしまった。異郷に降り立った日からトラブルつづきで、いささか精神的にまいっていた彼女が暗闇《くらやみ》の中にひとり横たわったとき、泣きたくなるほどの寂しさを感じたとしても、それを大人げないと笑っては、少し酷だろう。

「桂クン」

桂がすぐには返事をしないでいると、みずほが焦《じ》れたように名を呼んだ。彼女の、思った以

上に子供っぽい一面を知って、桂《けい》はこの年上の異星人が急にかわいく思えてきた。そして、まるで、年端のいかない妹に添い寝をねだられた兄のような気持ちで返事をする。

「わかりました。一緒に寝ましょう」

「ほんとに？」

薄闇《うすやみ》を通してもはっきりとわかるほど、みずほが顔を輝《かがや》かせると、桂は優しく笑ってうなずいた。ふたり揃《そろ》って隣《となり》の和室に移ると、部屋の中央に延べられた寝床に左右から身体《からだ》をすべり込ませる。こうして、枕《まくら》を並べて身を横たえると、やはり、窮屈《きゅうくつ》だ。だが、小さな声で、もう一度「おやすみ」を言い交わしたふたりには、それがなぜか心地よいものに感じられた。

深夜、あまりの息苦しさに桂は目を覚ました。なにか、ぷにぷにとしたもので自分の口がふさがれている。

これって、もしかして……。

混乱した桂の脳裏を今朝の出来事がよぎる。

先生ってば、また、寝ぼけて抱き付いてきたんだ。

暗闇の中、鼻だけで息をしながら身をよじると、少年の頭を抱いたみずほの腕に力が入れられた。

「ダメよぉ……このポッチーわたしのなんだからぁ～」

特大のチョコスナックを取り合う夢でも見ているのか、みずほは桂《けい》が身を離そうともがけばもがくほど、強く抱き締《し》めてくる。さらには、足をもからみつけてきて、まるい膝頭《ひざがしら》が桂の腿《もも》を割って股間《こかん》に押し当てられた。

あッ、ヤバイ!

理性のタガが弾《はじ》け飛びそうになるのを懸命《けんめい》にこらえながら、ボリュームのある胸のふくらみで口をふさがれた桂は、胸の中で後悔の言葉をつぶやいていた。

やっぱり、一緒に寝るんじゃなかった……。

ふたりっきり……じゃない夏祭

「……起きて。ねぇ、桂《けい》クンてば……起きてったら」

タオルケットを腹に掛け、夢も見ずに眠っていた桂は、ゆさゆさと身体《からだ》を揺すぶられて目を覚ました。不機嫌なうめきとともに渋々目を開くと、涼しげなノースリーブのワンピースを着たみずほが、こちらを覗《のぞ》き込んでいる。

ふたりの結婚生活がはじまって、すでに二ヶ月近くが過ぎていた。新しい布団も届いて、桂とみずほは、夜は和室で仲良く床を並べて眠るようになっていたが、今、みずほの使っていた布団はすっかり片付けられている。彼女は試験休みなのをいいことに朝寝を愉《たの》しむ夫より先に起き、ひとりで朝食をすませると、家事にいそしんでいたらしい。

「ふわぁ～」

布団の上で身を起こした桂は、大きなあくびをひとつすると、眠い目をこすりながら、

「どうしたの、先生？」

「なにか変なのがくるの」

そう言って、みずほはベランダのほうを指差した。

「変なの？」

枕元《まくら》に置いてあったメガネを掛けると、桂は緩慢《かんまん》な動作で立ち上がり、網戸を開けてベランダに出た。その背を押すようにしてあとにつづいたみずほが、ピンとのばした人差し指を右のほうに向け、

「ほら、あれ。あそこ……」

みずほの指差す先を見るまでもなく、桂はベランダに出るなり、彼女の言う「変なの」の正体に気付いた。にぎやかな太鼓と鉦《しょう》と笛の音。威勢のいい掛け声と、大勢の人間のざわめき。大抵の日本人なら、目をつぶっていても、なにが近づいてくるのかはわかっただろう。案の定、みずほの人差し指の差す先に目をやると、十数人の男たちに曳《ひ》かれた山車《だし》が見えた。それは、軽自動車ほどの大きさの台車にお堂を載せた体裁で、アパートの前の通りをゆっくりと近づいてくる。太い梶棒《こんぼう》に繋《つな》がれた綱を曳く男たちは全員法被《はっぴ》姿で、山車の上では、ひょっとことおたふくの面をかぶった、男女一組の子供がお神楽《かぐら》に合わせておぼつかない手振りで踊っていた。

「ああ、あれは山車ですよ」

と桂が言うと、彼の背中に隠れるようにして、近付いてくる山車のほうをおっかなびっくり見ていたみずほが眉根《まゆね》を寄せる。

「ダシ？」

おそらくは、昆布《こんぶ》や鰹節《かつおぶし》を思い浮かべているであろうみずほの頭の中が見えたのか、桂《けい》は誤解を解くため、山車《だし》がいかなるものであるかを説明しはじめた。

「いや、そのダシじゃなくて、漢字で山の車って書くんですけど……」

みずほは桂の説明を興味《きようみ》深げな表情で聞いていたが、それが一区切りつくと、ちょうどベランダの下を通りかかった山車を痛ましげな顔で見下ろして、

「それじゃあ、あの上に載せられている子供たちが、お祭のときに生け贄《にえ》にされるのね」

「そんな野蛮なことはしません！」

銀河連盟のマニュアルには、なんと書いてあるのか知らないが、日本人を代表して、ここはきっちりと否定しておく必要がある。

「生け贄だの、人身《ひとみ》御供《ごくう》だのやってたのは、大昔のハナシです！」

「そうなんだ」

聞きなれない調《しらべ》とともに道をやってきたものが、野蛮な儀式《ぎしき》とは無縁《むえん》なのだとわかってからは好奇心のほうがまさってきたのか、みずほはベランダから身を乗り出して、真下を通り過ぎた山車をいつまでも見送っている。ベランダの上にいるからいいようなものの、道端に立って見ていたら、調子のいい笛の音につられて、山車のあとをふらふらとついていきそうだ。

やれやれ、なにごとかと思ったら……。

拍子抜けした顔で部屋の中に引っ込んだ桂は、寝汗の染み込んだ布団の上に、どさりと腰を

落とした。枕元《まくら》の目覚まし時計を見ると、時間は十時をまわったところ。本当は昼過ぎまで惰眠を貪《むさぼ》っていたいところだが、今さら寝直す気にもなれず、再び立ち上がった桂は顔を洗うため、遠ざかる山車をまだ見送っているみずほを尻目《しりめ》に部屋を出た。

「みずほさんは、山車とかお神輿《みこし》に興味《きょうみ》がおありですの？」

このはがみずほにそう訊《き》いたのは、互いの夫とともに江田島《えだじま》家の食卓ですき焼きの鍋《なべ》を囲んでいるときだった。

「え……」

いささか唐突な質問に、みずほが鍋にのばしかけていた箸《はし》を止める。

「午前中、前の通りを山車が通ったとき、ベランダから、ずいぶん熱心に見てらっしゃったでしょ。だから、ああしたものがお好きなのかと思って……」

江田島家は桂たちが住む朝比奈《あさひな》コーポの、すぐ隣《となり》に建っている。どちらのベランダも前の通りに面していて、大きな声を出せば話ができるほどの距離しか離れていない。このはは、お神楽《かぐら》の調に引かれて自宅のベランダに出たとき、みずほがアパートのベランダから、遠ざかる山車をいつまでも見送っているのを目にしたらしい。

別に悪いことをしていたわけではないが、そんなところを見られていたとは思ってもみなかっただけに、みずほは少しバツが悪そうな顔をして、

「あ、はい、めずらしかったもので」

「めずらしい？」

このはの顔に不審《ふしん》げな表情が浮かぶのを見て、桂《けい》があわてて言い添える。

「ほ、ほら、みずほ先生、都会の出身だから、ああいうの見たことなかったんだって」

「まあ、そうでしたの」

さして疑うふうもなく、このはがおっとりとうなずいたので、桂は心の中で、ホッと胸をなでおろした。学校にいるときはそれなりに緊張《きんちょう》しているのか、みずほも言動にはそこそこ気を遣っているようだが、こんなふうに家族同然の付き合いをしているみのるやこのはが相手だと、時折、ボロが出そうなことを口にして、ヒヤリとさせられるときがある。今回は簡単に言い抜けができることだったからよかったものの、いつか、とんでもない失態をやらかしそうで、桂としては気が気でない。だから、江田島《えだじま》家で四人揃《そろ》って夕食というシチュエーションは避《さ》けたかったのだが、今日の昼過ぎ、本屋にでも行こうとアパートを出たところを、午前の診療《しんりょう》を終えたみのるに捕まり、「久しぶりに、うちですき焼きでもどうだ？」と誘われたのだ。なにかと世話になっている身としては無下《むげ》に断るわけにもいかず、結局、夕食をともにすることを約束させられてしまった。

江田島家の夕食には、これまでにも何度か招かれていたが、メニューがすき焼きなのは今日が初めてだ。最初みずほは、同じ鍋から煮《に》えた具材をつつくというスタイルにとまどいがあっていたが、すき焼きの味は気に入ったらしく、だんだんと活発に箸《はし》を動かすようになってきた。ただ、肉や野菜よりも、味の染みた麩《ふ》がお気に召したようで、遠慮《えんりょ》していると思ったこのはに「みずほさん、お肉も食べてくださいね」と言われるほど、さっきからそればかり食べている。

「山車《だし》がめずらしいってことは、お祭にも、あまり行かれたことはないんですか？」

四人の中で、いちばん旺盛《おうせい》な食欲を見せていたみのるが訊《き》くと、みずほは、いともあっさりとうなずいた。

「ええ、一度も」

「ほぉー、そいつはもったいない」

意外そうな顔をしたみのるは、みずほのほうに身を乗り出して、

「それなら、どうです。これから、お祭に行ってみちゃあ……あれは、楽しいもんですよ」

「今日、お祭があるんですか？」

「当たり前じゃないですか、山車が出てたんだから」

桂は話に割って入ると、隣《となり》に座ったみずほの足を自分の足で軽くつついた。

「あ、そうね。当然よね」

桂に合図されて、みずほがなんとか話を合わせる。

みのるは無作法にも、箸の先を桂に向けると、

「桂《けい》、おまえ、神社の場所はわかってるだろ。メシがすんだら、ふたりで行ってきたらどうだ」

「なに言ってんだよ。あの神社のお祭だと、うちの生徒もいっぱいくるんだろ。そんなとこには一緒に行けないよ」

「む、そうか……」

校長との約束で、桂とみずほが夫婦であることは、桂が卒業するまで、彼の通う高校の生徒やその父兄には秘密にしておくことになっていた。そのため、朝、学校に行くときも、わざわざ時間をずらして家を出ているほどなのだ。だから、知ってる顔がうじゃうじゃいるところへ、ふたり仲良く連れ立って出掛けるわけにはいかない。

「だったら、隣《となり》町のに行けばいいんじゃないかしら」

と、このはが言うと、桂とみのるは示し合わせたように声を揃《そろ》えて、

「隣町の？」

「ええ。確か、隣町の神社も今日がお祭のはずよ」

「隣町の神社っつーと、こっから二駅先の……」

「そう」

このはは軽くうなずくと、

「あのへんなら、もう、桂クンの通う高校の校区の外だから、わざわざそっちへきてるコもい

ないんじゃないかしら」

なるほど、言われてみれば確かにそうだ。県外にまで名が知れているようなものならいざ知らず、普通、お祭と言えば、自分の住んでいる町内にある神社のに行くものだ。それをわざわざ隣《となり》町のに出かけて行けば、顔見知りに会う確率は、ぐんと低くなるだろう。

「よし、それで決まりだな」

「決まりって、叔父《おじ》さん……」

桂が抗議の声を上げたが、みのるはそれを無視して、

「メシがすんだら、俺《おれ》が、その神社までの地図を描《か》いてやるよ」

「それじゃあ、みずほさんには、わたしの浴衣お貸ししますわね」

「お、いいねぇ」

「やっぱり、お祭のときは浴衣でなくちゃ」

「うんうん……みずほさんの浴衣姿、さぞかし色っぽいだろうなぁ」

「あ、な、た」

みずほの浴衣姿を想像して、だらしなく目尻《めじり》を下げた夫に、このはが怖い顔をする。みのるは途端《とたん》に顔色を変え、

「あ、いや、もちろん、このはさんのほうが素敵《すてき》なのは言うまでもないことで……」

「ちょ、ちょっと……」

勝手に話を進める叔父《おじ》夫婦に、桂《けい》はなんとか割って入ろうとする。一方、みずほは今ひとつ事態が呑《の》み込めない様子で、煮詰《につ》まりはじめたすき焼きをのんきにつついていた。

遅いなぁ、みずほ先生……。

小さな駅の改札を出たところで、桂はみずほを待っていた。Tシャツに膝丈《ひざたけ》のパンツというラフな格好で、裸足《はだし》にスニーカーをはいている。七月もなかばになると、山が近いこのあたりでも、さすがに暑い。日が落ちて、少しは涼しくなったものの、こうして、じっと立っているだけで脇《わき》の下に汗がにじんでくる。

結局、桂はみのるとこのはに押し切られるかたちで、みずほと一緒に隣《となり》町の夏祭に行くことになってしまった。もっとも、顔見知りに見られるのを避《さ》けて、隣町の駅までは別行動だ。食事がすむと、桂はみのるに、先にひとりで隣町の駅まで行くように言われて江田島《えだじま》家を出た。みずほはこのはに浴衣を着せてもらって、あとからくることになっている。

最寄りの無人駅から二両編成の電車に乗って二駅。もとから列車の本数が少ないし、駅と駅の間隔も広いので、待ち時間を含めて、目的の駅に着くまで意外に時間が掛かった。駅舎の外はしんとして、ひとの姿はない。時折、線路と平行に走る道路を車が通りすぎるだけだ。駅の改札を出たところで落ち合う手筈《てはず》になっているのに、みずほはなかなかこない。これまでにも何度か電車が止まったが、この駅には誰《だれ》も降りてこなかった。

先生、なにやってんだろ？

桂がこの駅に降り立ってから、かなりの時間が過ぎていた。着替えに手間取っているとしても、少し遅すぎる。まさかとは思うが、うっかり乗りすごしてしまったのではないか、それとも、間違って反対の方向へ行く電車に乗ったのではないかと、はじめてのおつかいに出た子を心配する親のように落ち着かない気分だ。

それから、また、十分ばかり経《た》った。いいかげん焦《じ》れた桂が、みのるのところに電話してみようかと思いはじめたとき、人気のないホームに電車がすべり込んできた。気の抜けた音を立てて車両のドアが開き、みずほがホームに降りてくる。

やっときた。

みずほの姿を改札越しに見た桂は、「遅いよ」と口にしかけたが、途中でそれを呑《の》み込んだ。

「桂クン、おまたせ」

改札を通り抜けたみずほが、女物の下駄をカコカコ鳴らしながら、桂のそばまで小走りにやってくる。

「ごめんなさい。着替えに手間取っちゃって」

みずほは白地に真上から見た朝顔の花をかたどった模様を散らした浴衣を着て、赤い帯を締《し》めていた。長い髪は結い上げられていて、襟足《えりあし》から覗《のぞ》くうなじがドキッとするほど色っぽい。

このはに借りて、浴衣を着てくるとはわかっていたが、起伏に富んだ肢体をそれで包んだみずほの姿は、桂《けい》が想像していた以上にしっとりとした色香を匂《にお》わせていた。

桂がみずほの浴衣姿に呆然《ぼうぜん》と見とれていると、無言で自分を見詰める夫の態度をどう取ったのか、奴凧《やっこだこ》のように腕をひろげたみずほは垂れた左右の袂《たもと》を交互に見下ろして、

「これ、このはさんに借りたんだけど、やっぱり、似合わないかしら?」

「そ、そんなことないよ。とっても……」

きれいだ、と言いかけて、桂はあわてて言葉を差し替えた。

「似合ってるよ」

「ほんと?」

似合うと言われたのがうれしいらしく、みずほが化粧っ気のない顔に明るい笑みを咲かせる。

「それじゃあ、行きましょうか」

桂は妙にドギマギしながら、駅の前の通りを渡りはじめた。みのるの描《か》いてくれた地図を頼りに、みずほと肩を並べて青白い街灯の光に照らされた道を進む。窓の明かりがなければ、本当にひとが住んでいるのかも疑わしいほど静かな住宅街を突っ切って、少し山の手のほうに入ると、行く手から祭囃子《ばやし》とひとのざわめきが風に乗って流れてきた。それに引かれるように足を進めると、徐々に人通りが多くなってくる。神社の鳥居が見えるあたりまでくると、それはもう、人込みと言っていいほどになり、ともすれば、すれちがうひとと肩が触れそうだ。ひとの流れに乗って鳥居をくぐると、石畳の参道の両側にはたくさんの露店《ろてん》が軒を連ねていて、思

った以上のにぎわいだ。人込みの中に入ると、履《は》きなれない下駄《げた》のせいか、みずほはそれまで並んで歩いていた桂から遅れそうになる。

桂は彼女のほうに手を差しのべて、

「あの、はぐれるといけないから」

「うん」

みずほは桂が意外に思うほどの素直さで、自分のほうにのばされた手を握った。

女のひとと手を繋《つな》いで夏祭を見てまわる——これって、なんだかデートみたいだ。

みずほとは、もう夫婦なのだから、今さらデートというのもおかしい気がするが、桂は咄嗟《とっさ》にそう思ってしまった。なにしろ、普通の男女が結婚に至るまでの手続きをすべてすっ飛ばして、いきなり夫婦になってしまったものだから、桂にとってみずほは最初、ひょんなことから一緒に暮らすようになった異性の異星人にすぎなかった。この二ヶ月近くのあいだ、ひとつ屋根の下で暮らすうちに、少しずつ互いの心の距離を縮《ちぢ》めてきたとは言うものの、桂のほうからは、まだキスすらしていない。だから、こうして手を繋いだだけで脈拍数が上昇し、体温もちょっと上がってしまう。

夫婦なのに、こんなことでいいのだろうか。やはり、結婚したからには、もっとこう、積極的にスキンシップを図って、心だけでなく、身体《からだ》のほうの距離も縮めていかねばならないのではないだろうかと、時折、桂は思うことがある。いや、しばしばそう考える。と言うか、実は最近はそのことで頭がいっぱいだ。ハッキリ言って、なんとかしたい。だが、ナニをしたいかは明確に胸に描けていても、どうやってそういう状況に持ち込むかが、どうもよくわからない。言わば、登山口の見付からない山の麓《ふもと》に佇《たたず》んでいるような塩梅《あんばい》で、霞《かす》む頂上を仰ぎ見つつも、なかなか第一歩が踏み出せない状態だ。

そんな桂《けい》の心中を知ってか知らずか、彼の手を握ったみずほは、あたりをキョロキョロ見ましながら、

「うわぁー、これがお祭なんだぁ」

見るものすべてがめずらしいらしく、さながら、初めて散歩に連れ出された仔《こ》犬のように好奇心で目を輝《かがや》かせている。しかも、体内に半分だけ流れている日本人の血が祭囃子《ばやし》に反応しているのか、いつになくウキウキしているようだ。

「先生の星には、お祭ってないんですか?」

みずほがあまりにもめずらしそうにしているので、桂は試しに訊《き》いてみた。

「もちろん、あるわ。でも、こんな感じじゃなくて、もっとこう、キラキラしててツルツルな感じかしら」

「キラキラのツルツルですか」

みずほの表現では抽象的すぎて今ひとつわからないが、彼女の星のお祭は地球のとはずいぶん違うものらしい。

ヨーヨー釣り、射的、輪投げ、スマートボール、型抜き……と、さして広くもない参道の両側にはさまざまな露店《ろてん》がずらりと並んでいた。桂と手を繋《つな》いで、そのあいだを歩いていたみずほは、ふと足を止めて、

「あ、いい匂《にお》い」

「え？」

桂がみずほの鼻の頭が向いた先に目を遣《や》ると、焼きトウモロコシの屋台があった。細長いコンロの上に置かれた網に、ほどよく焼き目が付いたトウモロコシが並んでいる。店の主人がそれに醬油《しょうゆ》ベースのタレを刷毛《はけ》で塗ると、網の隙間《すきま》からしたたり落ちたタレがガスの火に触れて、ジュッと音を立てた。香ばしい匂いがさらに強くなり、それが食欲をそそる。

「食べますか」

と桂が訊《き》くと、みずほは「ええ」とうなずいて、焼きトウモロコシの屋台のほうへ向かいかけた。だが、その途中で、手前にあったたこ焼きの屋台に目を留めると、

「あら、あれはなに？」

「あれは、たこ焼きですよ」

「え、でも、タコって、こんな感じの……」

みずほは桂と繋いでいた手を離すと、両手の指をグニャグニャさせて、宙に不定形のものを描いてみせた。桂はまるいくぼみが整然と並んだ独特な形の鉄板の前で足を止めると、そのく

ぼみの中に収まっているきつね色の球体を指差して、

「あのまるいのの中に小さく切ったタコが入ってるんですよ」

「そうなんだ……」

「へい、らっしゃい」

たこ焼きの屋台の前で立ち止まったふたりに、鉄板の向こうからすかさず声が掛けられた。どうやら、客だと思われたようだ。千枚通しを片手に、器用な手付きで焼きかけのたこ焼きをひっくり返していたのはエプロン姿の中学生ぐらいの少女だった。たぶん、父親の手伝いをしているのだろう。少女はレンズのまるいメガネを掛けて、三つ編みにした髪を二本の太いおさげにしていた。低い鼻のまわりにはソバカスがひとつまみ散らされていて、なかなか愛敬《あいきょう》のある顔立ちだ。

「お客さん、なにしまひょ」

コテコテの関西弁で少女に問われ、桂はうっかり、

「なにって、たこ焼きしかないじゃん」

「カーッ、こりゃあ、一本取られたわ」

少女は関西人特有の大げさなリアクションをすると、右手で握った千枚通しで、反対の手に持った発泡スチロールの容器に、すでに焼きあがっているたこ焼きを次々と載せてゆく。

「にーちゃんには一本取られたさかい、一個おまけしとくわな」

少女は慣《な》れた手つきでたこ焼きにソースを塗って青海苔《のり》をふり、最後に削り節をふわりと撒《ま》いた。

「マヨネーズはどないする？」

「あ、かけてください」

口の小さなプラスチックのボトルから、たこ焼きの上にマヨネーズを搾《しぼ》り出すと、少女はそれに爪楊枝《つまようじ》を二本添えて、桂《けい》のほうに差し出した。

「はい、三百円」

こうなっては、もう、買わないわけにはいかない。うっかりツッコミを入れてしまったばかりに、いつの間にか客にされてしまった。思えばあれは、客を捕まえるための巧みなボケだったのだろう。少女と言えど、関西人のあきんど根性侮りがたし、と言ったところだろうか。桂は代金を払ってたこ焼きを受け取ると、「毎度あり」という少女の声に送られて、みずほとともに屋台の前を離れた。

「これが、たこ焼きなんだ」

みずほは初めて見る異形の食べ物に興味《きょうみ》深げな視線を注ぐ。桂はたこ焼きに爪楊枝を刺すと、それを自分の口元に持ってきながら、

「先生も、どうぞ」

みずほは桂がたこ焼きを口に入れるのを見て、自分も、まるくて焦げ茶色の粘液が掛かった

上に緑の粉と木の削りかすのようなものが付着した物体に爪楊枝《つまようじ》を突き立てた。ちょっとためらってから、それを思い切って口に入れる。そのたこ焼きは最近出まわっているものに比べると少々小ぶりだが、皮はパリッとしていて、それが破れると、中から熱いとろみがあふれだしてきた。ソースは少し甘目で、それがたこ焼きの熱で溶けかけたマヨネーズと渾然一体《こんぜんいったい》となり、さらには海の香を含んだ青海苔《のり》と魚のうまみが凝縮《ぎょうしゅく》された削り節とが合わさって、複雑な味のハーモニーを奏でる。中に入っていたタコは歯ごたえがあり、ベニショウガが味においても食感においても、絶妙のアクセントになっていた。

「ひょうれひゅ、おいひぃれひょう」

「ひょんほ、ひょいひぃふぁ」

ふたりともたこ焼きが熱くて、口をはふはふさせながらしゃべっているので、なにを言っているのかよくわからない。初めて目にしたたこ焼きに最初はとまどっていたみずほも、一個食べて、そのおいしさの虜《とりこ》になったらしく、桂《けい》が二個目を口にすると、彼女も次のに爪楊枝をのばした。ぶらぶらと歩きながら、仲良くたこ焼きをつつくふたり。みずほが最後に残ったおまけの一個を食べてしまうと、桂はカラになった容器を持って、参道の端に置かれたゴミ箱の前に行った。ゴミであふれ返りそうになっていたそこに、なんとか容器を押し込んだ桂が戻ってくると、みずほが近くの屋台に不思議そうな目を向けている。

「どうしたんです、先生？」

「あれ、なんなの？」

と言ってみずほが指差す先には、綿菓子の屋台があった。ちょうど小学生ぐらいの男のコが、扱っている品物には不似合いな、いかつい顔をした店の主人から、綿菓子をまとい付かせた割り箸《ばし》を受け取っているところだ。

「あれは、綿菓子ですよ」

「ワタガシ？」

「砂糖で作るお菓子なんです。甘くておいしいですよ」

「あれも食べ物なんだぁ」

確かに綿菓子は、初めて見たひとには食べ物とは思えないかもしれない。

ポケットから財布を出した桂は屋台の前に行くと、

「ひとつください」

「へい」

店の主人は短く答えると、ドラム缶を輪切りにしたような機械の中に割り箸を差し入れた。

すると、みるみるうちに割り箸に白い糸がまとわり付いて、ふわふわの雲が形成される。みずほはそれがめずらしいのか、子供のように目をキラキラさせて見つめていた。

「はい、どうぞ」

でき上がった綿菓子を代金と引き換えに受け取ると、桂はそれをみずほに手渡した。割り箸にまとわり付いた綿菓子は大人の顔より大きいのに、ほとんど重さを感じさせない。みずほは手にした綿菓子に顔を近付けると、ふんふんと匂《にお》いを嗅《か》いでから、おそるおそる口をつけた。唇で小さくちぎった綿菓子を口に含むなり、彼女は顔をほころばせ、

「あまぁーい」

甘いお菓子だと言われていたものの、やはり、とても食べ物には見えないものが、本当にそうだったことに新鮮《しんせん》な驚《おどろ》きがあったようだ。

「これ、すっごく甘い。ね、ね、桂《けい》クンも食べてみて」

みずほは、まるで、綿菓子が甘いことを自分が初めて発見したかのようなはしゃぎっぷりで、手にしたそれを桂の口元に差し出した。いささか閉口しながらも、彼女の興奮《こうふん》に水を差すのも悪いと思い、桂が綿菓子に口をつける。唇でちぎり取った綿菓子は、じっくり味わう間もなく舌の上で溶けてしまい、口の中に懐《なつ》かしい甘さを残した。

「ね、おいしいでしょ」

「ええ、とっても」

と返事をしてから、桂は自分がなにげなく口を付けたところが、先にみずほが綿菓子をついばんだ個所と、ほぼ同じだったのに気が付いた。

これって、もしかして間接キス……。

夫婦なのに、こんなことぐらいでドギマギしてどうするんだと思う一方で、桂は胸の高鳴り

を抑えることができないでいた。ひとりで頬を赤らめている夫をよそに、みずほは綿菓子を食べながら、好奇心の赴くまま左右の露店《ろてん》を覗《のぞ》いてまわる。

「桂クン、これはなにをやってるの？」

金魚すくいの屋台の前で立ち止まったみずほに訊《き》かれた桂は、顔を向けた拍子に真正面から見てしまった彼女の唇の艶《なま》めかしさにドキリとしつつ、

「これは、金魚すくいですよ」

畳一枚分はある大きな四角い容《い》れ物には浅く水が張られ、その中でたくさんの金魚がヒレをひらひらさせている。まわりにしゃがんだ客たちは、針金で作ったまるい枠に障子紙を張ったもので、それをすくおうと懸命《けんめい》だ。

「みんなが手に持ってるあれで、金魚をすくうゲームの一種なんです」

「へぇー」

のんきに泳ぐ金魚の中に数匹だけ混じっている黒い出目金がお目当てらしく、そのうちの一匹を容れ物の角に追いつめてすくい上げようとした途端《とたん》、手にした得物の紙が破れてしまい、幼稚園児とおぼしき男のコが泣きそうな顔をする。

桂は、いい例だとばかりに、それを指差して、

「あれは紙でできてて、水で濡《ぬ》れるとすごく破れやすくなるんです。だから、結構、難しいんですよ」

「そうなんだ」

と、みずほは軽くうなずいてから、

「で、獲《と》った金魚は食べるの？」

「食べませんよ、金魚なんだから」

「じゃあ、わざわざ捕まえてどうするの？」

「飼うんですよ。金魚鉢……って、まあ、ちっちゃい水槽《すいそう》みたいなもんなんですけど、それに入れて家で育てるんです」

「なるほど。それで、大きくなったら食べるのね」

「だから、金魚は食べません！」

などとズレたやり取りをしながら広い境内《けいだい》に入ると、その一角には小さなステージが設《しつら》えられていて、そこでカラオケ大会が行われていた。紅白の幔幕《まんまく》を背にして舞台に立った小柄な少女が、マイクを握って甲高い声を張り上げている。ステージの両袖《りようそで》に設置されたスピーカーから飛び出してくる歌声は舌足らずで、少し調子がはずれていたが、それだけにかえって、少女が一生懸命《いつしようけんめい》に唄《うた》っているのが感じられた。緊張《きんちよう》しているのか、直立不動で顔を真っ赤にして唄う彼女の姿は、見ているだけで微笑《ほほえ》ましくなってくる。曲が終わって、少女がペコリと頭を下げると、パイプ椅子《いす》を並べただけの客席から、拍手が沸《わ》いた。次にステージに立って演歌を歌いはじめたのは、銀縁《ぎんぶち》メガネを掛けた中年の男で、接待の席で鍛《きた》えたのか、なかなかいい喉《のど》をしている。

「わたし、これは知ってるわ。カラオケでしょ」

みずほは客席のうしろで足を止めると、ステージのほうを見て言った。外人にもおなじみのKARAOKEは、日本文化の代表として、宇宙人にも知られているようだ。サビの部分でグッと拳《こぶし》を握り締《し》め、十八番を唄《うた》いきった中年男性がステージを降りると、かわって司会の男が現れた。パーティーグッズとして売られている銀ラメのタキシードを着て、馬鹿《ばか》に大きな蝶《ちょう》ネクタイを締めたその男は、二十席ばかりの客席を見まわしながら、

「次は、飛び入りコーナーです。どなたか、一曲ご披露《ひろう》していただける方はいませんか？」

「はーい」

突然、みずほが手を挙げたので、面食らった桂《けい》は、思わず彼女の浴衣《ゆかた》の袂《たもと》をつかみ、高々と挙げられた手をおろさせようとする。

「ちょっと、みずほ先生」

「なあに？」

「なにって、本気で唄う気なんですか」

「もちろん」

「でも、大丈夫なんですか？」

「大丈夫よ。派遣監視《かんし》員の講習《こうしゅう》のときにシミュレーターでみっちり練習してきたんだから、バ

「ホントよ」

「ホントですか?」

 これまでの経験から言って、みずほの「バッチリ」ほどあてにならないものはない。桂としては、なんとかみずほを思いとどまらせたかったが、司会の男は浴衣《ゆかた》の袂《たもと》からすらりとのびた白い腕に目を留めて、

「はい、それではそこのお嬢《じょう》さん」

みずほは自分の顔を指差して、指名されたのが確かに自分であることを確認すると、客席を迂回《うかい》してステージへと向かう。鉄パイプを組んだ上に板を渡しただけの舞台に上がると、うら若い女性の登場に客席から拍手が沸いた。

「それでは、なにを唄《うた》っていただけますか」

と、司会の男が訊《き》くのに、マイクを握ったみずほが即答する。

「ピンクレディーの『UFO』をお願いします」

宇宙人だから「UFO」なのか、ちゃんと持ち歌があるようだ。イントロが鳴りはじめると、みずほは素早くポーズを取って、身体《からだ》でリズムを取りはじめた。観客の前で、なにかとんでもないことをしでかしやしないかとヒヤヒヤしながら見守っていた桂の不安を裏切るように、みずほは振り付きで大昔のヒット曲を唄いはじめる。歌はもちろん、振り付けもしっかりしたものので、「みっちり練習してきた」のは嘘《うそ》ではないようだ。これなら大丈夫とホッとしつつも、

あまりにも堂に入った唄いぶりを見ていると、感心すると同時に、もっと他《ほか》に教えることがあるだろ、銀河連盟……と思ってしまう。

ノリノリで唄うみずほは客に大ウケで、曲が終わると拍手に混じってアンコールの声が上がる。大勢の前で唄って頬《ほお》を上気させたみずほは司会の男に勧められるまま、アンコールに応《こた》えることにしたようだ。

「それじゃあ、次はキャンディーズの……」

銀河連盟のカラオケ講習《こうしゅう》は、それなりにちゃんとしたものらしいが、教えてくれるレパートリーはずいぶん古いようだ。自分が生まれる前に流行《はや》った曲を嬉々《きき》として唄うみずほを、桂が客席のうしろに立って見ていると、その顔を誰《だれ》かが横から覗《のぞ》き込み、

「あれ、桂」

呼ばれるとは思っていなかった名を口にされ、桂は身体を堅くした。声を掛けてきたのは、クラスメイトの四道跨《しどうまたぐ》だった。水色を基調としたアロハシャツに、まだ一度も水をくぐらせていないであろう青々としたジーンズをはいている。

「ま、跨……どうして、ここに？」

桂が顔を引きつらせて訊《き》くと、跨は相手の狼狽《ろうばい》ぶりをさして怪しみもせず、

「カラオケ大会のあと、ここのステージで美人コンテストがあるんだ。だから、今のうちにいい場所取っとこうと思って」

見ると、跨《またぐ》は首から一眼レフのカメラをぶら下げている。天体観測と写真を趣味《しゅみ》にしている跨は、それで美人コンテストの出場者の写真を撮るつもりのようだ。

マズイ。桂《けい》の脳裏で、危険を知らせる黄色いランプが激しく点滅した。みずほの姿を目撃《もくげき》されるだけでもまずいのに、写真まで撮られては、あとでやっかいなことになるかもしれない。別に、みずほがひとりのところを写真に撮られても、それがなにかの証拠になるわけではないが、跨がそれを誰《だれ》かに見せたとき、「そう言えば、あのとき桂も、あそこのお祭にきてたよなあ……」などと言おうものなら、余計な憶測《おくそく》を招く結果になるだろう。

とにかく、今、跨にステージのほうに行かせるわけにはいかない。

「なんか、すごく盛り上がってるみたいだね」

桂はステージを見ようとする跨の肩をつかむと、強引に自分のほうを向かせて、

「なあ、跨、たこ焼き食べたくないか？」

「いいよ、メシ食ってきたとこだし」

「実は、すっげーうまいとこがあってさ。食べなきゃ、一生の損だって」

「いや、でも、場所取りしないと」

「そんなのあとでいいだろ。それより、たこ焼き食おう、たこ焼き。俺《おれ》がおごるからさ」

桂は跨の肩に腕をまわすと、抗《あらが》うクラスメイトを引きずるようにして、その場を離れた。

「おい、桂、ボクは別にたこ焼きなんか……」

桂は人込みを掻《か》き分けながら、跨を、さっきみずほと立ち寄ったたこ焼きの屋台の前までひっぱって行った。

「らっしゃいッ」

威勢のいい声を上げたたこ焼き屋の少女は、桂《けい》の顔を覚えていたらしく、

「お、さっきのにーちゃんやん。うれしいなぁ、二回もきてくれるなんて。そんなに、うちントとこのたこ焼き、気に入ったんか」

「ま、まあね」

曖昧《あいまい》な表情でうなずいた桂の隣《となり》では、無理やり連れてこられた跨が要領を得ない顔で立っている。おさげの少女はふたりの顔を見比べてから、桂に向かって、

「ところで、連れのごっつい美人のおねーちゃんは？」

「連れ？」

跨が訝《いぶか》しげな顔をすると、桂はクラスメイトの胸に兆した疑惑を吹き飛ばそうとするように大きな声を張り上げた。

「わーッ！」

「なんだよ、桂。いきなり、大声出して」

「あ、いや、の……飲み物ほしいなぁーって。ほら、たこ焼き熱いから、なんか冷たいモンあったほうがいいだろ。頼むよ、跨。そのへんの屋台で、買ってきてくれよ」

「いいけど、なにがいい？」

「あー、コーラでいいや。お金はあとで返すから」

「オッケー」

跨《また》がたこ焼きの屋台の前を離れると、少女は声をひそめて、

「なんや、ワケありみたいやな」

「そ、そうなんだ。ちょっとワケありで……」

「まあ、うちはお客さんが黙《だま》っといてほしいっちゅーことを言うたりする気はさらさらないけど、根がドしゃべりやさかい、なんかの拍子にポロッと漏らしてまうかもなぁ」

「困るよ、そんなの」

「しゃあけど、にーちゃんがたこ焼き、五つばかり注文してくれたら、焼くのに忙しいて、無駄口叩《たた》く暇ものぅなるやろけど」

ハッキリと口に出しては言わないが、たこ焼きを五つ買えば余計なことは言わずにおいてやるということらしい。

「三つじゃ駄目かな」

「うちは手ェ早いからな。三つぐらいやと、焼きながら、ポロッと……」

「わかったよ、それじゃあ、たこ焼き五つ」

少女は、にまッと笑って、

紙コップに入ったコーラをふたつ持った跨が桂《けい》のそばへと戻ってきても、少女はわき目も振らずにたこ焼きを焼いている。やがて、注文分のたこ焼きが焼き上がると、彼女はそれを次から次へと発泡スチロールのパックに詰めた。

「はい、おまっとさん」

桂が代金と引き換えに、たこ焼きのパックを五つも受け取るのを見て、跨が目をまるくする。

「そんなに買って、どうすんのさ」

「どうって、食べるに決まってんだろ」

桂はヤケを起こしたように言うと、重ねて抱えたうちのいちばん上のパックを開けた。アツアツのたこ焼きを桂が口に入れると、跨も同じようにして、

「あ、ほんとだ。おいしい」

「だろ」

桂は大きくうなずくと、跨にたこ焼きのパックをすべて押し付けた。

「じゃあ、これ、全部食っていいから」

「ええッ？」

「悪いけど、ちょっと用を思い出したんだ。それじゃあ」

「……って、おい、桂！」

「毎度あり」

目を白黒させている跨《またぐ》をその場に置いて、桂《けい》は人込みを掻《か》き分けるようにして、ステージのほうに取って返した。

「飛び入り、ありがとうございました。それでは、みなさん、もう一度盛大な拍手を」

司会の男がそう言うと、二度のアンコールに応《こた》えて、三曲つづけて熱唱したみずほに客席から拍手が沸いた。それに送られてステージをおりたみずほは、客席の脇《わき》を通ってうしろへとまわる。しかし、そこにいるはずの桂の姿は、どこにも見当たらない。立って待つのに疲れて椅《い》子《す》に座ったのかと思い、客席を見まわしてみたが、そこにも桂はいなかった。

桂クン、どこに行ったのかしら?

観客の視線を集めて唄《うた》うのにすっかり夢中になっていて、みずほは自分が舞台に立っているあいだに、桂がその場を離れたことにまったく気付いていなかった。彼女はひとの流れに身を任せ、どこに行くというあてもないまま、桂の姿を求めて周囲に視線を走らせながら歩き出す。

一方その頃《ころ》、桂は一刻も早くみずほの許《もと》へ戻ろうと足を急がせていた。とりあえず、跨をまくことはできたものの、ぐずぐずしてはいられない。跨がステージの近くに戻ってくる前にみずほと合流し、早々にこの神社を離れたほうがいいだろう。

「あ、すみません」

気が急《せ》いていたせいか、桂はひよこ釣りの露《ろ》店《てん》を覗《のぞ》いていた女性の身体《からだ》に肩をぶつけてしまった。あッ、と小さく声を上げ、少し前屈《まえかが》みになっていた女性が振り向く。顔を見合わせたふたりは大きく目を見開くと、ほとんど同時に、

「あれ、桂クン」

「へ、縁川《へりかわ》……」

桂がぶつかった相手は、同じクラスの縁川小石《こいし》だった。肩のところが紐《ひも》になったタンクトップにジーンズのミニスカートという活動的な格好で、裸足《はだし》にサンダルをはいている。

「どうして、ここに？」

「どうしてって……」

小石は、咄嗟《とっさ》には桂の発した質問の意味がわからないという顔だ。

「いや、なんで、こんな隣《となり》町のお祭にきてんのかと思ってさ。近所の神社も夏祭なんだろ」

「だって、あっちのお祭行くと、近所のおじさん、おばさんがいっぱいいて、なんか落ち着かないんだもん。あちこちで声掛けられるし、子供扱いされるし……町会長さんなんか、顔合わせたら、今でもあたしの頭なでるんだよ。小石ちゃん、リンゴ飴《あめ》買ってやろうか、なんて言って」

小石は、高校生にもなって子供扱いはうんざり、という顔をしてみせてから、

「で、桂クンは、どうしてこっちにきたワケ？」

「え？」

「桂《けい》クン、この春に引っ越してきたばっかでしょ。だから、あたしみたいなことはないわけで、それなのに、どうして、わざわざこっちのお祭にきたの？」

「それは、その……」

つまらないことを訊《き》いたせいで、思わぬ墓穴を掘った格好になってしまった。まさか、みずほ先生と一緒にお祭を楽しんでいるところを同じ学校に通っている生徒や、その関係者に見られたくなかったため、とも言えず、桂は言葉を詰まらせた。すると、小石《こいし》はなにを思い付いたのか、不意に笑顔になって、

「あ、わかった。美人コンテストが目当てなんでしょ」

「そ、そうなんだ、こっちのお祭だと、それがあるって叔父《おじ》さんに聞いて……」

桂は相手の勘違いに乗じて、話を合わせた。

「けど、それって、そんなたいしたもんじゃないよ。一応、区役所とかで募集掛けてるけど、参加者はそんなに多くないし、それも近所のおねーさんがまわりのひとに頼まれてって、カンジだし」

「そうなんだ」

「でも、そんなのでもわざわざカメラ持って見にくる暇人もいるみたいだけど」

「へ、へぇー」

今さっき、そんな暇人と出会ったばかりなだけに、桂の顔に複雑な表情が浮かぶ。

「あーゆーひとたちってさ、なんか、ヤよね」

「そうかな」

「そうよ。その手のイベントがあると、いちばん前にズラーッて並んでさ。きっと、パンチラとか狙《ねら》ってるんでしょ。ほんと、サイテーよ」

「はは……」

カメラを首からさげた跨《またぐ》の顔を脳裏に浮かべた桂は、なんと答えていいかわからなくて、曖《あい》昧《まい》な笑みを浮かべた。

「ね、桂クン。美人コンテストまでは、まだ時間があるから、あたしと一緒に見てまわらない？」

「う、うん」

断る理由をすぐには思い付かなくて、桂は仕方なくうなずいた。

「じゃあ、とりあえず、かき氷食べようよ。あたし、喉渇《のどかわ》いちゃって」

小石は桂が意外に思うほどはしゃいだ声を出すと、先に立って歩きはじめる。そのあとにつづいた桂は、二、三歩行ったところで、人込みの隙間《すきま》から、自分たちのほうに向かってくるみずほの姿を見付けて、ギクリとなった。おそらく彼女は、こちらを探しているのだろうが、よりによって小石と一緒のときに来合わせるとは、間が悪いにもほどがある。さいわいにも、みずほはまだ、こちらの姿には気付いてないようだ。

桂《けい》は半歩前を行く小石の手をつかむと、近づいてくるみずほと鉢合わせしないよう、彼女を参道の脇《わき》へとひっぱってゆく。

「ちょ、ちょっと、どうしたの？」

「あっちに……あっちに、かき氷屋があったのを思い出したんだ。そこ行こう」

「え、ええ」

小石《こいし》は少しとまどいつつも、桂にならい強引に手を引かれることも嫌ではないらしく、人込みを掻《か》き分けて進む少年のあとについて行った。


ンもぉ、桂クンてば、どこ行っちゃったのかしら？

途切《とぎ》れることのないひとの流れに乗って、キョロキョロとあたりを見まわしながら歩いていたみずほだが、ようやく探し求めていた桂の姿を見付けて、不安に曇《くも》っていた顔を輝《かがや》かせた。

しかし、「桂クン」と、声を掛けようとした矢先、桂は彼女に背を向けると、そばにいた少女の手を引いて、逃げるように遠ざかりはじめる。みずほはあわててあとを追おうとしたが、行き交う人々に邪魔《じゃま》されて、思うように前に進めない。そうやって、もたもたしているうちに、桂の姿は人込みにまぎれて見えなくなった。

ど、ど、どーゆーコト？　桂クン、どうして、わたしから逃げるの？　それに、あの女のコ

「縁川《へりかわ》」

は、なに？

呆然《ぼうぜん》と立ち尽くすみずほの頭の中を、疑問と不安が駆け巡る。彼女は小石のうしろ姿をチラリと見ただけだったので、桂が手を引いていたのが、自分が担任しているクラスの女生徒だとはわからなかったようだ。それに気付いていれば、ある程度の事情は察しがついたかもしれない。しかし、みずほの目が捉《とら》えたのは、見知らぬ少女の手を引いて、自分の許《もと》から逃げて行く桂の姿だけだった。

もしかして、わたしがカラオケに熱中しちゃって、桂クンのことほっといたから、それで怒っちゃったの？　だから、あてつけに別の女のコをナンパして……でも、そんなのってひどい。わたしの目の前で浮気するなんて、いくらなんでもひどすぎる！

衝撃《しょうげき》的なシーンを目にして冷静さを失ったみずほは、頭の中で悪い想像をふくらませると、それを燃料にして考えを嫌なほうへと走らせる。どこまでも突っ走りそうなそれを遮ったのは、妙に陽気な中年男の声だった。

「なぁなぁ、あんた、さっきのカラオケのねーちゃんだろ？」

「えッ？」

我に帰ったみずほが声のしたほうに目を遣《や》ると、そこには四十過ぎとおぼしい、法被《はっぴ》姿の男が立っていた。かなり、きこしめしているらしく、目の下の皮膚《ひふ》がたるんだ顔が赤い。みずほが自分のほうを向くと、日本酒を満たした紙コップを片手に笑いかけ、

「さっきの、見てたよ。振りまでつけて、うまいもんだ。結構、練習したんだろ」

「ええ、まあ」

みずほが要領を得ない顔でうなずくと、男はあいているほうの手で手招きをした。

「あんたも、こっちきて一杯やんなよ。俺《おれ》がおごるからさ」

男が立っているのは、参道が十文字に交わる角にテントを立てて、その下に床几《しょうぎ》を並べた休憩所《きゅうけい》だった。そこでは十人ばかりの男女がたむろして、近くの露店《ろてん》で買ってきた焼き鳥やらイカの姿焼きを肴《さかな》に酒を呑《の》んでいる。

「でも、見ず知らずの方におごっていただくなんて……」

「なに言ってんの。あんないい歌聞かせてもらったんだから、そのお礼だって。それに、あんたみたいな美人が一緒に呑んでくれんだったら、こっちが金出してもいいぐらいだよ」

男はそう言うと、床几に腰をおろして呑んでいる仲間に向かって、

「そうだよな?」

「そうだ、そうだ」

「大歓迎だ」

「ねーちゃん、そんなとこに突っ立ってないで、こっちきなよ」

男たちが酔っ払い特有のノリのよさで、賛同の声を上げる。それでも、みずほが迷っていると、声を掛けてきた男は業を煮やしたのか、近づいてきて彼女の手を取った。

「あ、あの、わたし……」

「いいから、いいから」

テントの下までみずほがひっぱってこられると、床几に座っていた男たちが尻《しり》をずらして場所をあけた。

「ほら、ここ座って」

みずほが仕方なく床几の端に腰をおろすと、すぐに新しい紙コップが手渡され、そこに一升瓶から清酒が注がれる。

「あの、ほんとにいただいちゃってもいいんでしょうか？」

「あったり前だって。さ、遠慮しねぇで、グッと」

こうなってはもう、呑まずに席を立つこともできないと、みずほは紙コップの縁《ふち》に口を付けた。地球にきたばかりの頃《ころ》は、アルコールを摂取する地球人の風習にとまどったこともあった彼女だが、同僚《どうりょう》教師たちとの付き合いの席を重ねるうちに、だんだんと酒の味を覚え、最近では飲酒も悪くないと思うようになっていた。

あ、おいしい。

紙コップの酒を一口呑んで、困惑に塗りつぶされていたみずほの表情が変わった。祭だからと奮発《ふんぱつ》したのか、ずいぶんといい酒のようだ。果実酒のように口当たりがよく、するすると喉《のど》をすべってゆく。みずほが、まるで、水でも飲むみたいに簡単に紙コップの中を干してしまう

と、まわりの酔っ払いたちは手を叩《たた》かんばかりの喜びようで、

「おお、いい呑《の》みっぷり」

「ささ、もう一杯」

紙コップに再び酒が満たされると、みずほは勧められるまま、それに口をつけた。


「頭、キーンってきちゃった?」

小石《こいし》にそう言われて、発泡スチロールの器に盛られたかき氷を食べながら、彼女と肩を並べて歩いていた桂《けい》は、プラスチックのスプーンを持つ手を止めた。そんなことを訊《き》かれるとは、よほど難しい顔をしていたらしい。実は、縁川《へりかわ》をまく方法を考えていて眉間《みけん》に皺《しわ》が寄っていたんだ、とも言えず、桂は唇をかろうじて笑みのかたちにすると、

「うん、ちょっとね」

「あんまりあわてて食べないほうがいいよ」

小石は桂の言葉を疑いもせず、スプーンをせっせと動かして、小さな氷の山を切り崩す。彼女が話しかけてくるのに、桂がうわの空で応《こた》えていると、一定の間隔をあけて露店《ろてん》のテントの支柱に取り付けられたスピーカーから、割れたアナウンスが流れてきた。

「間もなく、境内《けいだい》の特設ステージにて、美人コンテストを開催いたします。なお、直前までエントリーは受け付けておりますので、我と思わん方は、ふるってご参加ください」

カラオケ大会と同じく、こちらでも飛び入り参加を募っている。小石が言っていたように、本当に参加者が少ないらしい。

同じ内容を繰《く》り返しはじめた放送を聞きながら、桂は素早く考えを巡らせた。どうやら、みずほはこちらを捜して人込みの中をさまよっているらしい。だとすると、彼女と遭遇する可能性がもっとも低いのは、彼女があとにしてきたステージ周辺ということになる。桂はそこまで計算すると、小石に向かって、

「参加者募集してるけど、縁川は美人コンテストに出ないの？」

「えッ、あたし？」

「縁川だったら、結構、いいとこまで行くんじゃないかな」

「またまたぁ〜」

と、小石は本気にしない。

「いや、マジで」

「ほんとに？　桂クン、ほんとにそう思う？」

小石が桂の顔を覗《のぞ》き込むようにして訊く。

「ほんと、ほんと」

桂が何度もうなずくと、小石はそれで、ようやく心を動かされたらしい。

「桂クンがそう言うんなら、あたし、出てみようかな」

「そうだよ。せっかくなんだから、出てみれば」

「よーし、それじゃあ、小石《こいし》ちゃんの美少女ぶりを、みんなに知らしめてやるとしますか」

小石が冗談めかして言うと、桂《けい》はすかさず、

「だったら、急ごう。早く境内《けいだい》のステージに行かなきゃ」

ふたりが足を急がせて境内にやってくると、すでにステージ前の客席は、ほとんど埋まっていた。案の定、最前列にはカメラを首からさげた跨《またぐ》の姿も見える。近くにいた法被《はっぴ》を着た上に「実行委員」の腕章を付けた青年に、小石が参加の意思があることを告げると、相手は大歓迎といった顔で、すぐに出場者が待機している舞台裏へまわってくれと言う。

「じゃあ、俺《おれ》は客席で見てるから」

「うん」

と、うれしげにうなずいてから、ステージの裏へと向かう小石の背中に、桂は心の中で手を合わせた。

縁川《へりかわ》、ゴメン！

あ、いたッ！

桂が休憩所《きゅうけいじょ》で酔っ払いに囲まれたみずほを見付けたのは、境内のステージをあとにして、三十分ばかり人込みの中を捜しまわってからだった。みずほ先生……と、声を掛けようとして、

そんなことをすれば、自分と彼女が教師と生徒の関係にあることを宣伝するようなものだと思い、喉《のど》まで出かかった言葉を呑《の》み込んで、「みずはさん」と言い直す。

「はぁーい」

浮かれた声で返事をしながら振り向いたみずほの顔を見て、桂は思わず、たじろいだ。

うわ、メチャメチャ酔ってる。

顔はもちろん、襟元《えりもと》から覗《のぞ》く肌もゆでたように真っ赤で、目は温泉卵みたいに、とろんとしている。

「あッ、桂クン！」

みずほは一瞬《いっしゅん》、うれしそうな表情を顔に出したが、すぐにそれを引っ込めて、

「今頃《いまごろ》、なにしにきたのよぉ？　この裏切り者ぉ～」

「裏切り者……って、なに言ってんすか」

「あらひ、見たんだからね。桂クンが、女のコの手ェひっぱって、逃げてくとこ」

「あれは……」

桂が事情を説明しようとするのを遮って、みずほのまわりの酔っ払いたちが話に首を突っ込んでくる。

「ん、なんだい？　この、にーちゃん？」

「知り合いぃ？」

「ひょっとして、弟さん？」

「ち、が、い、ま、ひゅ」

みずほは上半身をゆらゆらさせながら言うと、いきなり両腕を天に向かって突き上げて、

「あらひのいいひとれぇーす！」

酔っ払いたちは一斉に意外だという顔をすると、その中のひとりが、

「あんた、年下好きなんだ」

「ううん」

みずほは水の中にいるように、緩慢《かんまん》な動作で首を左右に振った。

「年下じゃなくて、桂《けい》クンが好きなんどぉえーす」

「おおッ！」

酔っ払いたちのあいだからどよめきが上がり、そのあとにひやかしの言葉がつづく。

「ひゅーひゅー」

「ヤケるねぇ」

「おじさん、アテられちゃったい」

好奇の視線を一身に浴び、桂《けい》は一滴も呑《の》んでいないのに、みずほと同じぐらい顔を赤くする。

恥ずかしさで、すぐにもここから逃げ出したいのこらえつつ、

「みずほ先……いえ、みずほさん、そろそろ帰りましょう」

「やら」

みずほはにべもなくはねつけると、

「桂クンみたいな、浮気者とは一緒に帰りませんよぉーだ」

「浮気者って……」

どうも、みずほはとんでもない勘違いをしているようだ。しかし、ここまでベロベロに酔った相手にまともな説明をしても無駄だと思い、桂はみずほの手首をつかむと、

「わけわかんないこと言ってないで、帰りましょう」

「はらひてよぉ」

みずほは桂の手を振り払うと、反対の手に持っていた紙コップの中身を一気に呑《の》み干した。

「あらひは、ここで、もっろ呑むンらから」

「そうだ、そうだ」

「いいぞ、ねーちゃん」

「も一杯いけ」

酔っ払いたちが囃《はや》し立て、カラになった紙コップになみなみと酒が注がれる。

「みずほさん！」

業を煮やした桂が、思わず大きな声を出すと、みずほは拗《す》ねたようにそっぽを向いて、

「へぇーんだ。そんな怖い顔しても、あらひは桂クンが、好きだって言ってくれるまで絶対、

帰りまひぇんからねー」

「なんで、そうなるんですか！」

「言ってほしいから！」

酔っているから仕方ないとは言うものの、言ってることが支離滅裂だ。

「にーちゃん、ああ言ってんだから、それぐらい言ってやんなよ」

「そうそう。秘めたる想い、なんてのは今どきはやんないぜ」

ひとごとだと思って、外野は勝手なことを言う。

「いや、でも……」

と、桂《けい》が口ごもると、みずほは酒の入った紙コップを投げ捨てて、両手で顔を覆《おお》った。

「うわぁーん……やっぱり、桂くん、あらひのこと、もう好きじゃないんら。あらひが年上だから、あらひが宇宙じ……」

「わーッ！」

宇宙人だから、と言いかけたのを大声を上げて掻《か》き消すと、桂は駄々ッ子を相手にする顔になり、

「わかりましたよ、言いますよ」

こんな状態のみずほを人前に出しておいては、この先、なにを言い出すかわからない。とにかく今は、みずほを連れて帰るのが最優先事項だ。

「ほんろ？」

現金なもので、みずほはパッと顔を上げると、期待に満ちた目で桂のほうを見た。酔っ払いたちも、興味津々《きょうみしんしん》といった顔をしている。

あーもー、しょうがないなぁ……。

桂は心を決めると、言うは一時の恥とばかりに、

「す……好きだ」

「聞こえなぁーい」

と言って、そっぽを向くみずほ。

「だから、その、好きだ……」

「誰《だれ》がぁ？　誰が、誰のことを好きなのぉ？　はっきり言ってよぉ～」

アルコールの力を借りたみずほは、完全に調子に乗っている。

ええい、こうなったら……。

桂は外野を意識から締《し》め出すためにきつく目をつぶると、思い切って声を張り上げた。

「俺《おれ》は、みずほが好きだッ！」

一瞬《いっしゅん》の静寂。桂がおそるおそる目を開くと、びっくりするほど間近にみずほの顔があった。

勢いよく胸に飛び込んできた彼女の身体《からだ》を、桂がかろうじて受け止める。

「あらひもぉー、あらひも桂くんのことだぁーい好きぃ！」

結果的に抱き合うかたちになったふたりに、なぜか盛り上がった酔っ払いたちから、やんやと喝采《かっさい》が送られる。

「これで、帰ってくれますね」

「うん」

ヤケを起こした桂《けい》の「好きだ」に満足したのか、みずほは素直にうなずいた。

「それじゃあ、行きますよ」

足にきて、自力では立てないみずほに肩を貸した桂は、なにをやれと言うのか、酔っ払いたちの「しっかりヤれよー」という声に送られて、人込みの中にまぎれ込んだ。もう、これ以上、知った顔には出会わないことを祈りつつ、参道を抜けて神社の外に出る。祭のざわめきをあとにして、ふたりは影をひとつにし、街灯に照らされた夜道を進んだ。

「も、らめ。ちょっと休むぅ～」

駅までの道のりを、きたときの何倍もの時間を掛けてよたよたと進むうちに、みずほがとう音を上げた。彼女が桂の身体《からだ》に完全に体重を預けると、柔らかな胸のふくらみが肩口に強く押し付けられる。それを強く意識しつつも、桂はあたりを見まわして、

「先生、あそこに公園があります。あそこで、休みましょう」

「こーえん？」

みずほが酔眼を向けた先には、砂場とブランコ、そしてベンチがあるだけの猫の額《ひたい》のように

狭い公園があった。桂はそこへみずほを引きずってゆくと、ぐんにゃりした彼女の身体をベンチにおろして息をつく。みずほは星の瞬《またた》く空を仰いで、

「あー、お空がまわってるぅ～」

「大丈夫ですか、先生？」

みずほの隣《となり》に腰をおろした桂が訊《き》く。みずほはそれに応《こた》えて、Ｖサインを突き出すと、

「だいじょーぶいッ！」

どうも、あまり大丈夫ではないようだ。

みずほはしばらくのあいだ、ほてった頬《ほお》を夜風になぶらせていたが、なにを思い付いたのか、突然、桂の手を取って、形よく突き出た自分の胸へと持ってくる。

「ね、ね、桂クン。ここんとこ押してみて」

「い、いきなり、なんです？」

「なんでもいいから、このポッチのとこ押すの」

ポッチのとこって……。

その部位の、より一般的な名称が脳裏に浮かび、桂の頬に、サッと朱が差す。

いったい、なんのつもりなんだ？

酔っ払いに逆らっても仕様がないと、都合のいい理屈を自分に言い聞かせた桂が人差し指をおずおずとのばすと、みずほはその先端を浴衣の上から豊かなふくらみの頂に押し付けた。肩

を貸したときから薄々《うすうす》気付いていたが、彼女はブラジャーを着けてないようだ。浴衣《ゆかた》の上にラインが出ないよう、着付けのときに、このはがそう指示したのだろう。だから、桂《けい》はとろけるように柔らかなまるみにめり込んだ指先で、《ポッチ》の存在をしっかりと感じ取ることができた。

「ぴんぽーん！」

桂の指が《ポッチ》を押すと同時に、みずほはチャイムの音を口で真似《まね》ると、悪戯《いたずら》っぽい笑みを浮かべて、

「なんちゃってぇ〜」

あっけに取られた桂の顔を見て、みずほはなにがおかしいのか、どこかのネジがはずれたようにケラケラと笑い出す。そうやってひとしきり笑うと、今度は電池が切れたみたいに静かになった。桂の肩に寄りかかり、がっくりと深くうなだれる。どうやら、眠ってしまったようだ。

「みずほ先生、こんなとこで寝ちゃダメですよ」

と、桂が声を掛けても、みずほは返事をしない。

「みずほ先……」

もう一度、声を掛けようとして、みずほの顔を覗《のぞ》き込んだ桂は、薄く開かれた彼女の唇を見て言葉を途切《とぎ》れさせた。それはシロップ漬けのみかんの実の房のようにツヤツヤとして、健全な青少年に邪《よこしま》な考えをいだかせるほど、蠱惑《こわく》的な魅力《みりょく》を有していた。

キス、してみようかな……。

相手が眠っているあいだに唇を奪うなんて、ひどく卑怯《ひきょう》な気もする。だが、さっき自分がみずほのことを好きだと言ったら、みずほもこちらのことを好きだと言った。好き同士なのだから、キスしたっていいはずだ。いやいや、そもそもふたりは夫婦なのだから、本来キスぐらいは、もう朝昼晩、どんなところで、どんな場所に、どんな格好でしたっていいはずなのだ。そうだ。そうに違いない。今、決めた。全宇宙的に、そう決定！

脳内で異様な盛り上がりをみせると、桂はみずほを起こさないよう気を付けながら、もたれかかってくる彼女の身体《からだ》を腕で支えつつ、首をねじ曲げて慎重に顔を近付けた。互いの唇の距離が縮《ちぢ》まるにつれ、それでみずほが目を覚ましてしまうのではないかと心配になるほど、胸が激しく高鳴ってくる。まさか、本当に鼓動の音が聞こえたわけでもないだろうが、唇と唇が触れ合うまで、あと数センチとなったとき、みずほが不意に目を開いた。

あ……。

わかってやっているとしか思えないタイミングのよさに、桂は全身を凍り付かせた。みずほは、そんな桂の顔を見て、ポツリと一言、

「きぼぢわるい」

「え？」

よく見ると、みずほの顔はさっきまで赤かったのが嘘《うそ》のように、真っ青になっている。

これって、まさか……。

桂《けい》もみずほと同じ顔の色になると、

「せ、先生、気持ち悪いって、ひょっとして吐くんですか？　我慢できないんですか？　ダメなんですか？　吐くんですね？　吐いちゃうんですね？　今、ここで……うわぁぁぁ！」

こねこめ〜わく

あーもぉー、暑いわねぇ……。

ノースリーブのブラウスに生地の薄《うす》い夏物のスカートを合わせたみずほは、照り付ける太陽の下、スーパーマーケットの袋を両手に提げて歩いていた。アパートまで、あと数分というところにきたとき、直射日光を浴びすぎて意識が煮えてきたのか、思考の水面に、ぷくりと大きな泡が浮いてくる。それはパチンと弾《はじ》けると、明確な疑念となって脳裏を占めた。

桂クン、絶対なにか隠してる……。

みずほが桂とふたりで隣《となり》町の神社の夏祭に行ってから数日が過ぎ、学校は夏休みに入っていた。カラオケ大会に飛び入り参加して熱唱したあと、はぐれてしまった桂を捜して人込みをさまよっていたあたりまでは、はっきりと覚えている。そのあと、女のコの手を引いて、逃げるように人込みにまぎれる桂の姿を見てしまい、そして——。

そのあと、どうなったんだっけ？

次に記憶《きおく》がはっきりするのは、翌日の昼過ぎに寝床で目を覚ましたときだ。激しい頭痛と吐き気。みずほは起こしかけた頭を、また、枕《まくら》におろさねばならなかった。ひどい二日酔いで、口を利くのも億劫《おっくう》だ。結局、みずほが昨日のことを桂《けい》に訊《き》く気になったのは、すっかり日が落ちてからだった。

「昨日、桂クンとはぐれてから、どうなったんだっけ?」

「先生、なにも覚えてないんですか?」

「ええ」

と、みずほがうなずくと、桂がなんとも言えない顔をする。それからは、みずほがいくら訊いても、桂は言葉を濁《にご》して、なにがあったのか詳しく教えてはくれなかった。ただ、あのとき自分が手を引いていた少女は同じクラスの縁川小石《へりかわこいし》で、みずほの前から逃げるように立ち去ったのは、ふたりが顔を合わせてはマズイと思ったからだということだけは、くどいくらいに説明してきた。

なるほど、そうだったのか。

その件に関しては、みずほは納得したものの、そうするとかえって、他《ほか》の曖昧《あいまい》な部分が気になってくる。まず第一に、彼女は自分が酔いつぶれるまで酒を呑《の》んだということが信じられなかった。しかも、完全に記憶《きおく》が飛んでしまうなんて初めての経験だ。もし、彼女自身が宇宙人でなかったら、記憶がないのはUFOにさらわれたからだと騒《さわ》ぎ出していたかもしれない。この一週間、折に触れて、みずほは自分が酔っていたあいだのことを訊きだそうとしてみたが、桂は「いろいろあって大変でしたよ」と言うばかり。そんな奥歯に物の挟まったような返答ばかりされていると、桂が夏祭で出会った少女がクラスメイトの縁川小石だったというのも、なんだか疑わしくなってきた。ひょっとして、こちらの記憶がないのをいいことに、桂は自分にとって都合の悪いことを隠そうとしているのではないだろうか。

「あの女のコ、ほんとに縁川さんだったの？」

と、みずほが訊けば、桂は開き直ったように、

「嘘《うそ》だと思うなら、本人に訊いてみてくださいよ」

もちろん、そんなことは藪蛇《やぶへび》になるのでできない。みずほには桂が、それがわかっていて、そう言っているように思えた。事実は確かめようがないが、仮にあのときの少女が本当に小石だとしても、桂の言い分を鵜《う》呑《の》みにはできない。夏の太陽に炙《あぶ》られて、嫉妬《しっと》という名の網に載せたヤキモチをふくらませたみずほの脳裏には、次のような想像が描き出されていた。

小石「あれ、桂クン」

桂「やあ、縁川」

小石「ひとりなの？」

桂「そうだよ」

小石「だったら、ふたりで見てまわらない？」

桂「いいよ」

小石《こいし》「ね、桂《けい》クン。手、繋《つな》いでいいかな?」

桂「うん」

小石「楽しいね、桂クン」

桂「そうだね、小石」

こうして、ふたりはラブラブな雰囲気で夏祭を見てまわり、そして、ついには境内《けいだい》の裏の木陰で――。

なにを想像したのか、みずほは突然、道の真ん中で立ち止まると、

「そんなのダメーッ!」

不意に天に向かって大声を張り上げた彼女のそばを、犬を連れた子供が気味悪そうな目で見ながら通り過ぎる。我に帰ったみずほは顔を真っ赤にすると、逃げるように足を急がせた。

ンもぉ、桂クンがはっきり言ってくんないから、ヘンなコト考えちゃうじゃない……。

自分の妄想が招いた失態を桂のせいにすると、みずほは朝比奈《あさひな》コーポのコンクリートの階段を足音荒くのぼって行った。今日こそは、なにがあったのか問いただしてやろうと決意を固めて、玄関のドアを開ける。

「ただいまー」

重い荷物を上がり框《かまち》に置いて、廊下の奥に声を掛けたが返事はない。かわりに、ダイニングキッチンとつづきになったリビングから、桂の声が漏れ聞こえてくる。

「おい、よせったら。そんなとこ舐《な》めたらくすぐったいって」

途端《とたん》に、みずほの顔が強《こわ》ばった。自分の留守中に、誰《だれ》かきている。

「コラ、ダメだったら……よせって」

新妻のいない隙《すき》に呼び込んだ相手と、桂は、いったいなにをしているのだろう。嫌な想像に捉《とら》えられたみずほは蹴《け》り散らかすようにしてサンダルを脱ぐと、スーパーマーケットの袋をその場に置いたまま、短い廊下を突っ切ってダイニングキッチンに踏み込んだ。

「桂クン！」

まなじりを決してリビングの出入り口から声を掛けると、部屋の真ん中であぐらをかいていた桂が首だけで振り向いた。

「あ、おかえり」

室内に、他《ほか》に人の姿はない。かわりに桂の腕には、一匹の仔猫《こ》が抱かれていた。白と黒のぶち模様で、まだ、手のひらに乗るほどの大きさしかない。三角の耳をピンと立てた仔猫は、つぶらな瞳《ひとみ》を息せき切って駆け込んできたみずほに向けると、挨拶《あいさつ》をするようにニヤアと鳴いた。

「桂クン」

「それ、なんなの？」

みずほは桂の腕の中の小動物を指さして、

「え？　それって、コイツのこと？」

みずほがコクンとうなずくと、桂《けい》の顔にとまどいの色が浮かんだ。

「なにって、猫だけど……」

「ええッ！　じゃあ、それがアジア特産の食肉目の猛獣《もうじゅう》、成獣は全長三メートルに達し、森林及び水辺に生息して、夜間に種々の獣《けもの》や鳥を捕食する哺乳《ほにゅう》類なのね」

「いや、それはたぶん違う動物のことだと思うけど……」

どうやら、みずほは地球上の生物に関して、かなり間違った知識を吹き込まれているようだ。

そっか、みずほ先生、猫を見るのは初めてなのか……。

犬はぶさいくなのを一匹、大家が飼っているが、このあたりはあまり野良《のら》猫も見かけないので、実物を目にするのは初めてのようだ。

「先生、コイツは猛獣なんかじゃなくて、地球じゃあみんなペットにしているおとなしい動物なんです」

桂は左右の手を仔猫の両脇《わき》の下に入れて小さな身体《からだ》を宙づりにすると、それをみずほのほうに差し出した。

「咬《か》み付いたりしないから、さわってみてください」

みずほは及び腰で近寄ってくると、おそるおそるのばした人差し指を仔《こ》猫の顔に近付けた。

なりは小さくても猫としての習性はちゃんと備えているらしく、仔猫は鼻先に差しのべられた指先の匂《にお》いをかごうとする。みずほは未知の生物を前にして、なかなかさわる決心がつかないようだ。薄《うす》いピンクの鼻の前で、きれいに爪《つめ》を切った指先をさまよわせている。すると仔猫《こ》は、目の前で動いているものを捕まえたくなるという、もうひとつの習性を発揮して、鼻先でうろついている指に首をのばして、かぷッと咬み付いた。

「ひゃッ！」

みずほは仔猫の耳が震《ふる》えるほどの大きな悲鳴を上げると、あわてて指を引き抜こうとした。しかし、そうされると、仔猫は獲物《えもの》を離すまいと、かえって強く咬んでくる。

「ヤダヤダ、食べられちゃう！」

パニック状態に陥ったみずほが大声でわめくと、仔猫はそれに驚《おどろ》いたのか、顎《あご》をゆるめて指を離した。

「桂クンの嘘《うそ》つき！　咬みついたりしないって言ったじゃない」

みずほは桂を睨《にら》んでそう言うと、咬まれた指先に目をやって、

「あッ、血が出てるぅ～」

咬まれた拍子に細くて鋭《するど》い仔猫の牙《きば》が刺さったらしく、指紋の渦巻きの中心あたりから、じんわりと血がにじんでくる。

「た、大変だわ。止血しなくちゃ……あ、その前に消毒」

わずかな血を見てあたふたしているみずほに、桂はあきれたように、

「大げさだなぁ。そんなの舐《な》めときゃ、治りますって」

みずほは未知の生物に身体《からだ》の一部を咬《か》まれ、わずかとはいえ出血したことが、ひどくショックだったようだ。まりえに言って、救急医療《いりょう》キットを転送させると、部屋の隅で、怪我《けが》とも言えない小さな傷の治療にかかる。それがすむと、みずほは仔《こ》猫を抱いた桂《けい》から充分距離を取った位置から、

「桂クン、いったいどうして、そんな野蛮な動物を連れてきたりしたの?」

桂は、さっきのことぐらいで野蛮呼ばわりされては仔猫がかわいそうだと思ったが、それに異議を唱えるよりも、みずほの質問に答えるほうが先だと考えて、

「野蛮って……」

「いや、実は……」

桂が仔猫を見付けたのは、隣《となり》の江田島《えだじま》医院でみのるの検診を受けた帰りだった。現代医学では、まだ解明されていない《停滞》という病を抱えた少年は、医師である叔父《おじ》のところで定期的に診察を受けることにしており、それをすましてアパートの前まで戻ってくると、江田島家の生け垣から仔猫がひょっこり顔を覗《のぞ》かせていたのだ。試しに、チチッと舌を鳴らしてみると、仔猫はそれを待っていたように生け垣の中から這《は》い出してくる。仔猫は桂の足に身体をすりつけると、少年の顔を見上げながら、抱いてくれとでもいうように、ニャアと鳴いた。首輪をしていないので野良《のら》のようだが、それにしてはよくひとになれている。桂はお望み通り仔猫を抱き上げてやると、夏の日射《ひざ》しから逃れるためアパートの建物がつくる影の中に入った。そこで

しばらく戯《たわむ》れてから、地面におろした仔猫に「じゃあな」と言って、アパートの階段のほうへ行く。すると仔猫は、まだ毛の生えそろわない先細りのしっぽをピンと立て、あとについてきた。

「ダメだよ、ついてきちゃ」

そう言って、桂は仔猫を元いた生け垣のあたりに戻した。しかし、少年が「これでさよならだからな」と告げて建物の中に入ると、そうするのが当然のような顔で、またしてもあとをついてくる。まいったなぁ……と思いつつも、桂は頬《ほお》がゆるむのを抑えることができなかった。仔猫がついてこられるよう、わざとゆっくり階段をのぼると、小さな追跡者は階段を一段一段、一生懸命《いっしょうけんめい》によじのぼってくる。その姿はたまらなく愛らしく、とても、振り切って部屋に入れるようなものではない。とうとう二階の部屋の前までついてきた仔猫を、桂はやむなく中に入れた。雑巾《ぞうきん》で足をふいてやり、冷蔵庫に入っていたチーズカマボコを振る舞ってやる。よほど腹がすいていたのか、あっという間にそれをたいらげると、仔猫はすっかり桂になついてしまい、仲良く遊んでいるところに、夕飯の買い物に行っていたみずほが帰ってきたというわけだ。

「それで、桂クン、どうするつもりなの？」

「どうって、なにが？」

うっかり指さすと、また咬《か》み付かれるとでも思っているのか、みずほはあぐらをかいた桂の足のあいだにちょこんと座った仔猫《こ》に、おそるおそる指を突き付けた。

「その動物よ。いつまで、ここに置いとくつもり？」

「いつまでって、それは、まあ……」

桂《けい》が言葉を濁《にご》すと、みずほは表情を引き締《し》めて、

「まさか、飼うなんて言うんじゃないでしょうね」

「ダメかな？」

「ダメです！」

「えーッ、なんで？」

「当たり前でしょ。そんな野蛮な動物、家の中で放し飼いにして、寝てるあいだに耳とか囓《かじ》られたらどうするの？」

「そんなことしないって」

「でも、現に、さっきわたしの指を咬んだじゃない」

「あれは先生がビクビクしすぎるから……」

「ひっどぉーい！」

みずほは涙目になると、

「愛する妻が傷つけられたってゆーのに、桂クンってば、野蛮な下等動物の肩を持つのね」

「それじゃあ先生は、まだ子供のコイツを追い出せって言うの？　そんなことしたら、コイツ、

飢えて死んじゃうよ。それでもいいの？」

「それは……」

桂の反撃《はんげき》に、みずほは少したじろいだ。すると桂は、ここぞとばかりに、

「なにも、ずっと飼おうってワケじゃないよ。誰《だれ》かもらい手を捜すから、それが見付かるまで」

「つまり、ちゃんとした飼い主が見付かるまでのあいだ、うちに置いておくってこと？」

「そうだよ。ほんの少しのあいだだけ」

「本当に少しのあいだだけね？」

「もちろん」

桂は大きくうなずくと、

「そのあいだ、責任持って面倒《めんどう》見るから」

「しょうがないわねぇ」

みずほがため息とともにつぶやいた。桂は、パアッと顔を輝《かがや》かせると、

「それじゃあ、いいんだね？」

「ほんとに少しのあいだだけよ」

「うん」

「それから、ちゃんと面倒見てよ」

「うんうん」

桂《けい》は調子よくうなずくと、足のあいだにうずくまっていた仔猫《こ》を抱き上げた。

「よかったなぁ、おまえ。しばらく、うちにいてもいいってさ」

なによ、うれしそうにしちゃって……。

仔猫の頭をなでる桂をチラリと見てから、みずほは玄関に置きっぱなしにしてきた荷物を取りに行くため立ち上がる。重いビニール袋を両手に提げてダイニングキッチンに戻ってくると、彼女はその中身を冷蔵庫に詰め込みはじめた。

「そうだ。うちで飼うんなら、名前付けてやんなきゃな」

みずほがあからさまに不機嫌な顔をしているのを気にも留めずに、桂はじゃれ付いてくる仔猫の相手をしている。

「うーん、ぶち模様だから、ぶちでいいか」

と言ってから、両手で仔猫を顔の前で捧《ささ》げ持つようにすると、だらんと垂れた胴体の下半分を覗《のぞ》き込み、

「なんだ、おまえ、女のコなのか。じゃあ、ぶちじゃなくて、ぶちこだな」

極めて安易な理由で付けられた名前が気に入ったのか気に入らないのか、仔猫が返事をするように小さく鳴いた。

桂はすっかり目尻《めじり》をさげて、

「おまえ、ほんと、かわいいなぁ」

　柔らかな毛並みに頬《ほお》ずりをし、きれいな色をした鼻の頭に、チュッと音をさせてキスをする。

　なによ、なによ。あんな野蛮な動物にデレデレしちゃって。わたしには一度だって、そんなことしてくれたことないクセに……。

　桂《けい》と仔《こ》猫がイチャイチャするのを横目で見ながら、みずほが整理の行き届いていない冷蔵庫に買ってきた物を押し込んでいると、桂の部屋の電話が鳴った。アパートのこの部屋には電話機がふたつあって、ひとつはみずほが自分の住まいに繋《つな》がるものとして身近なひとに番号を教えている電話で、これはリビングにある。桂の部屋にあるのは、表向きは江《え》田《だ》島《じま》家に居候していることになっている桂宛《あて》に掛かってきた電話を取るための内線電話だ。逆の場合はともかく、みずほのところに掛かってきた電話を桂が取ると説明に困る事態になるので、ふたりはその点に関しては特に気を払っていた。

　自分の部屋に駆け込み、受話器を取った桂は電話を取り次いでくれたこのはに礼を言うと、ボタンを押して通話の保留を解除する。あとをついてきた仔猫が、一時でも離れているのは寂しいというように足に身をすり寄せてくるのに目を細めながら、受話器の向こうと二言三言葉を交わした桂の顔が不意に強《こわ》ばった。

「えッ、それって今日だっけ？」

　電話の相手はクラスメイトの四《し》道跨《どうまたぐ》だった。天文マニアの跨によると、今夜は何十年かに一回しか見られない、なんとかという名の流星群が肉眼で見ることのできる日らしい。そこで、どうせ見るのならひときわ空気のきれいなところで見ようと、跨《またぐ》が、近くの山に登ってキャンプをしながらの流星観察を提案したのだ。誘われた桂《けい》は行くと約束をしていたのに、あまり気乗りしないプランだったせいか、すっかり忘れていた。

「悪ィ、忘れてた」

後頭部を掻《か》きながら時計を見ると、とっくに待ち合わせの時間を過ぎている。

「それじゃあ、今からすぐ用意して行くから」

桂は電話を切ると、あわてて身支度を整えた。

「先生」

Tシャツにジーンズという格好で、片手にデイパックを提げた桂はダイニングに顔を出すと、まだ冷蔵庫の前にしゃがんでゴソゴソやっているみずほに、

「俺《おれ》、ちょっと出かけてきます」

「えッ、今から?」

「跨と約束してて……さっきまで、忘れてたけど」

「いったい、どこへ行くの?」

みずほの問いを背中で聞きながら、桂はスニーカーに足を突っ込む。

「山だよ、山。星を見るんだ」

「えッ、星？」

「そう、星」

わずらわしげに返事をすると、桂はアパートのドアを開けた。

「明日の朝には帰るから」

帰りが明日の朝と聞いて、みずほが顔色を変える。

「ちょっと待ってよ。それじゃあ、あの動物はどうするの？」

「あ……」

今にも外に出ようとしていた桂の足が止まった。仔猫《こ》は、まるで見送りをするように、玄関の足ふきマットの上に腰をおろして桂のほうを見上げている。

「ちゃんと責任持って面倒《めんどう》見るんじゃなかったの？」

「先生、ゴメン」

桂はいきなり顔の前で手を合わせると、

「今日だけお願い！」

「お願いって……」

みずほがなにか言いかけるのを振り切って、桂はアパートの部屋を飛び出した。サンダルをつっかけてそのあとを追おうとしたみずほが、足音荒く階段を駆けおりる桂の背中にヒステリックな声を投げつける。

「ちょっとッ、桂《けい》クンッ！」

「あ、きた」

バス停に向かって、息を切らせて駆けてくる桂の姿に最初に気づいたのは、縁川小石《へりかわこいし》だった。明るい色のタンクトップにジーンズのミニスカート。エアクッションの効いたスニーカーをはいた足元に小さなナップザックを置いた小石は大仰に手を振って、

「桂くぅーん、早く早く」

「遅いぞ、桂」

停留所の木造の屋根の下に駆け込んできた桂に、跨《またぐ》が唇を尖《とが》らせる。すでに待ち合わせ時間を一時間も過ぎていたのだから、不機嫌になるのも当然だろう。半袖《はんそで》のポロシャツに青々としたジーンズを合わせた跨は、古ぼけたベンチのそばに一抱えもある大きなリュックと、スーパーマーケットのビニール袋を置いていた。

「ゴメン、うっかりしてた」

荒い息をつきながら、桂が手を合わせて跨に詫《わ》びる。それを見て、ノースリーブのワンピースを着た森野《もりの》苺《いちご》がボソリと、

「くるのがヤなら、断ればいいのに」

「い、嫌なことなんてないよ。ほんと、うっかりしてただけで……」

相変わらずの付き合いにくさに桂は口元を引きつらせつつ、わざとらしい素振りでまわりを見まわした。

「これで、全員？」

「そう、おまえが最後」

と跨が言うと、小石があとを引き取って、

「漂介《ひょうすけ》と楓《かえで》は、なにか用事があるんだって」

「デートね」

苺が顔の筋一つ動かさずに言う。試験休みを利用して、みんなで海に行ったときから、ふたりのあいだが急接近していたことは、ここにいる全員が薄々《うすうす》感づいていたことなので、そう言われても驚《おどろ》きはしない。だが、高校に入ってから、なにをするにしても大抵は行動をともにしていた仲間が突然、別行動をとりはじめたことは、漂介と楓の関係が、自分たちのような単なる「なかよし」以上のものになっていることを否応《いやおう》なく実感させる。それぞれの胸にどんな思いが去来したのかはわからないが、四人はそろって黙《だま》り込み、次に互いの胸中を探るように目を見交わした。一瞬《いっしゅん》、妙な空気が漂いかけたが、タイミングよくやってきたバスが、それを吹き飛ばしてくれる。苺、小石、桂の順でバスに乗り、重い荷物を抱えた跨がいちばん最後になった。バスの中はすいていて、桂たち以外には四、五人の客が座席に着いているだけだ。それも、バスが停まるたびに降りてゆき、目的の停留所に着いたときには桂たちだけになっていた。

四人はバスを降りると、早速、荷物を担いで登山口へと向かう。これから桂《けい》たちが登る山は、町内の老人会の面々がハイキングをしにきたり、幼稚園の遠足の目的地にされるような低いもので、道の勾配《こうばい》もさしてきつくない。それでも、いっかな沈もうとしない夏の太陽に照らされながら登っていると、汗で全身が濡《ぬ》れてくる。七合目あたりまで登ったところで、突然、重い荷物に息をあえがせつつも先頭を歩いていた跨《またぐ》が、整備されたハイキングコースをそれて、脇《わき》道へと入っていった。

「道、そっちでいいのか?」

あとにつづく桂が訊《き》くと、跨は振り返りもせず、

「大丈夫、任せとけって」

それから、両側を木立に挟まれた細い道を進むこと約三十分。

「おい、ほんとにこっちでいいのかよ」

だんだん不安になってきた桂が、前を行く跨に声を掛ける。

「あと、もう少しだって」

跨の言葉に嘘《うそ》はなく、それからしばらく行くと一行は木立を抜けて、小川のほとりに出た。少しばかり開けた地面は小川に向かってゆるやかに傾斜していて、木立を背にして立つと視界を遮るものはなにもない。山の空気は爽《さわ》やかで、小川のせせらぎが耳に心地よい。確かにここは、夏の夜空を仰いで星を見るには絶好の場所のようだ。

「へぇー、いいとこじゃない」

額《ひたい》の汗をぬぐった小石《こいし》があたりを見まわしながら言うと、跨は心持ち胸を張り、

「だろ？　ここはボクしか知らない穴場なんだ」

「跨は、ここ、よくくるんだ」

と桂が訊《き》くと、跨は小さくうなずいた。

「うん。休みの前の日はここにきて、一晩中星を見るんだ」

「ひとりぼっちで夜通し星を見る……寂しい休日の過ごし方ね」

苺《いちご》の容赦ないコメントに、跨は顔を引きつらせた。桂も、そうだね、とうなずくわけにもいかず、曖昧《あいまい》な表情を浮かべる。

「え、えーっと、このへんがいいかな」

跨はなんとか気を取り直すと、リュックの中からビニールシートを出して地面にひろげた。キャンプといっても、夏のことだし、流星群を見たあとは夜明けまで待って、始発のバスで戻る予定なのでテントを張る必要はない。ビニールシートの四隅に各人の荷物を置いて重石がわりにすると、跨は河原から手頃《てごろ》な石を拾って、それでかまどを作る。桂もそれを手伝い、作業は十五分ほどですんだ。

跨はリュックから飯盒《はんごう》と米の入った袋を取り出すと、それを小石と苺に渡し、

「そんじゃあ、女子はごはん炊《た》く用意しててて。ボクと桂は薪《まき》集めてくるから」

桂《けい》は跨《またぐ》のあとに従って、木立の中に分け入った。

「なるべく、乾いてるヤツな」

と跨に言われ、桂はようやく西に傾きはじめた太陽の光が射《さ》し込む木立の中を、前屈《かが》みになって歩いては、地面からめぼしい小枝を拾い上げる。

「なあ、桂」

跨が声を掛けてきたのは、そろそろこれぐらいでいいかと思えるほどの薪が集まったときだった。

「漂介《ひょうすけ》と水澄《みすみ》って、もうエッチしたのかな」

突拍子もない問いかけに、桂は思わず、腕に抱えていた薪《まき》を取り落とした。

「なッ、なに言い出すんだよ、急に」

「でもさぁ、あのふたり、海から帰ってからラブラブだろ。だから、ひょっとしてって……」

確かに、漂介と楓《かえで》の関係が、もう「友達」ではないことは傍《はた》から見てもあきらかだ。とは言え、つき合っているから、即、エッチをしていると取るのは短絡的に過ぎる気がする。しかし、考えてみれば、カップルの片割れはエロエロ大魔人《まじん》の漂介だ。ひょっとすると、持ち前の異様なテンションの高さで押しまくり、イタシてしまったかもしれない。ほんのりお嬢《じょう》様育ちの香りがする楓は、そうしたことからは縁遠《えんどお》い存在に思えるが、「惚《ほ》れたが、負け」という言葉もある。好きな相手に強引に迫られれば、やむなくそれに応《こた》えてしまうということもないとは言い切れない。

漂介と水澄が……。

どこもかしこも柔らかそうな楓《かえで》の肢体。そこに大柄な漂介が覆《おお》いかぶさってゆく。いつもはおっとりとした表情を浮かべている楓の顔が、なにかに耐えるようにゆがむ。柔らかな弧を描く眉《まゆ》がひそめられ、シーツをつかんだ指に力がこもる。果たして彼女が耐えているのは苦痛なのか、それとも――。

とんでもないシーンを頭に浮かべてしまい、桂は落とした薪を拾うのも忘れて生唾《なまつば》を飲んだ。学校に行けば必ず顔を合わせる身近な相手について、そうした想像を巡らせていると、ひどくいけないことをしている気になってくる。下卑《げび》た想像と、それに伴う罪悪感をともにうち消すように、

「まさか」

「そ、そうだよな」

跨も桂と同じようなことを考えていたのか、少しかすれた声で返事をすると、強《こわ》ばった顔に無理に笑みを浮かべる。

まったく、なにを言うかと思えば……。

無駄にドギマギさせられたことに軽い腹立ちを覚えながら、桂が落とした薪を拾い集めていると、再び跨が背後から声を掛けてきた。

「まだ、なにかあるのかと、桂はわずらわしげに振り向いた。すると跨《またぐ》は、これ以上ないくらい真剣な顔で、

「おまえは、まだだよな?」

「あッ、当たり前だろ」

桂の腕から、拾ったばかりの薪《まき》がまた落ちた。

「そうか」

跨がホッとした顔をする。

「そうだよな。やっぱり、まだだよな」

そのことが、よほど気掛かりだったのか、跨はうれしそうに何度もうなずきながら、

「いやあ、それでこそ、チェリーボーイ同盟の仲間だ、うん」

なんだ、そりゃ?

勝手に変なものの仲間にしないでほしいと桂は思ったが、残念ながら加盟資格があるのは事実だ。

童貞——突然、この二文字が、桂の脳裏に大写しになった。世間には十五歳で通しているが、本当は自分は十八歳なのだ。大手を振ってアダルトビデオをレンタルすることもできるし、制

服さえ着ていなければ、黄色い楕円《だえん》のマークが入ったコミックスだって買っていい年齢《ねんれい》だ。それに、法律で結婚することも許されている。つまり、十八歳というのは、酒や煙草《タバコ》はダメだが、エロいことはしてもいいと国が認めている年齢なのだ。それなのに、自分ときたら……。

頭の中のディスプレイに表示された二文字が、さっきと比べて四倍角の大きさになった。

言うまでもないことだが、性交というのはふたりでするものだ。ゆえに、十八歳になっても相手に恵まれなくて、未経験な男性というのは当然いるだろう。こうしたものには個人差があるので、それ自体は別に恥じることではない。しかし、自分はすでに結婚しているのだ。夜寝るときには、いつも隣《となり》に準備万端整った女体が用意されているのだ。それなのに、ああ、それなのに……。

脳裏に浮かんでいた二文字は、今や、巨大な石に刻まれたものとなり、それが両肩にズシリとのしかかってくる。

これまで、それを経験する機会はいくらでもあったというのに、ずっと手をこまねいていたなんて、情けないにもほどがある。そうだ。自分は今、こんなところで、のんきに星なんか見てる場合じゃない。すぐさまアパートにとって返し、するべきことをしなければ……。

跨は桂が胸中に奇妙なあせりを生じさせているのに気づいたふうもなく、

「やっぱさぁ、ボクたちまだ、十五なんだから、そーゆーのは早いよね」

俺《おれ》は十八なんだよッ！

声に出して言えない分、桂《けい》は胸の内で激しく吠《ほ》えた。

「でも、キスぐらいはそろそろ経験しても……って思ったりもするんだ」

キスと聞いて、桂はこのあいだの夏祭のことを思い出した。酔いつぶれたみずほの半開きになった唇が、記憶《きおく》を映し出すスクリーンでアップになる。

あのとき、もう少しで……。

「それでさ、ボク、今日、チャレンジしてみようかって」

「チャレンジって、キスにか？」

現実に引き戻された桂が目を剝《む》いて訊《き》く。

「うん」

「いや、でも、いくら相手がいないからって、いきなり男同士は……」

あとじさりする桂に跨《またぐ》は怪訝《けげん》な顔を向け、

「はあ？　なに言ってんの」

「え？　俺としようってんじゃないの？」

「するわけないだろ！」

「じゃあ、誰《だれ》と……」

「桂、縁川《へりかわ》っておまえのこと好きなんじゃないのかな」

跨は桂の質問には答えずに、まったく別の話題を持ち出してきた。

「さ、さぁ、どうなんだろ」

　不意打ちを喰《く》らって、桂はみっともないほどうろたえた。跨に指摘されるまでもなく、桂も小石《こいし》が自分に好意を持ってくれていることは薄々《うすうす》感付いていた。だが、あえて気付かないふりをして、そうした彼女の気持ちとは向き合わないようにしていたのだ。

「桂は気付いてないかもしんないけど、絶対そうだよ、うん」

　跨はしたり顔でうなずくと、

「だから、桂のほうから迫れば、縁川、キスぐらいならさせてくれるんじゃないかな」

　薪《まき》は足元に落としたままになっていたので、そのかわりに桂の顎《あご》がカクンと落ちる。

「お、おま、おま、おま……」

　別に卑猥《ひわい》なことを口にしようとしているのではない。「おまえ、なに言ってんだ」と言いたいのだが、驚《おどろ》きのあまり舌がうまくまわらないのだ。

「ボクの見たところだと、結構、成功率は高いと思うよ」

　本気でそう思っているらしく、跨がまじめな顔で言う。もし、今、手元にハリセンがあれば、桂は跨の後頭部に首が九十度に傾くほどキツイ一発を入れていただろう。だが、ハリセンのかわりに落ちている薪を使おうかと思いつつ、無意識のうちに頭の片隅で「2－1＝1」という至極簡単な計算をした結果、桂はあることに気付いて、自分のほうがキツイ一発を喰らったように愕然《がくぜん》とした。

「ひょっとして、おまえ、まさか森野《もりの》と……」

桂《けい》に、小石《こいし》に迫ってみれば、と勧める以上、跨《またぐ》自身は残りのひとり、苺《いちご》をターゲットにしているということになる。しかし、それはあまりにも無謀《むぼう》な賭《かけ》だ。英国のブックメーカーなら、天文学的な倍率を付けるだろう。

「さすがに、それはないって」

と言ってほしいという桂の願いを裏切って、跨は無言で顎《あご》を引いた。

「それじゃあ、跨、森野のことが好きなのか？」

「いや、好きっていうのとはちょっと違うかもしんないけど、なんか、そそられるってゆーか……」

「はぁ？」

顔立ちについてだけ言えば、苺はかなりランクが上だろう。美少女と言っても過言ではない。ただ、人形のように表情に乏しく、特別な訓練を積まなければ、ああはできまいと思えるほど無愛想だ。おまけに無類の毒舌で、言ってほしくないことを言ってほしくないシチュエーションで、必ず言う。おおよそ、桂の感覚からすると、恋愛の対象としてはほど遠い存在だ。そんな彼女のどこに、跨はそそられると言うのだろうか。

「確かに、森野はとっつきにくいとこあるけどさ、例えば、あいつが制服姿で床にペタンと座って、こっちを振り向きながら口元に人差し指を当ててかわいく微笑《ほほえ》んでるとことか想像してみろよ。こう、グッとくるだろ」

グッとくるもなにも、桂は跨の言うような苺の姿を想像することができなかった。とりわけ、苺がかわいく微笑んでいるところを思い浮かべるのは、不可能の上に「超」が付く。

「足には膝《ひざ》の上まであるソックスはいててさ、ミニのプリーツスカートとのあいだから、ほんの少しだけ生足が覗《のぞ》いてるんだ。ブラウスの上に着てるセーターの袖《そで》は長めで、それが手の甲を半分ぐらい隠してて、そんで、こう、襟《えり》元にしてるリボンタイの端を意味ありげに咥《くわ》えたりしてさぁ」

跨の脳裏には、そうした苺の姿が思い描かれているらしく、目にはうっとりした色が浮かんでいた。

「あと、ワンピースの水着で、誘うように仰向《あおむ》けになって、アイスキャンデーを、れろーんて舐《な》めてるとことか……」

跨、おまえってヤツは……。

無限に広がる思春期の妄想を目の当たりに見せつけられて、桂はしばらく唖然《あぜん》としていた。

だが、いつまでもこうはしていられないと気を取り直し、

「おまえが、その、森野にグッときてるのはわかったけど、向こうはどうなんだ？　森野のほうも、おまえにグッときてそうなのか？」

まさか、そんなことはないだろうと思って訊《き》いたことだったが、跨の答えはそうした予想を

肯定するものだった。

「それはないと思う」

「だったら、ダメじゃん」

「でもさ、夏休みだし、山だし、おまけに夜なんだしさ。ひょっとしたらってことも……」

「夏休みでも、山でも、夜でも、それはないだろ」

「チッ、チッ、チッ」

跨《またぐ》は立てた人差し指を舌打ちに合わせてメトロノームのように左右に振った。

「夜は夜でも、今夜は、ただの夜とは違うんだって。なんてったって、何十年に一度の流星群が見れるんだから。高校生活最初の夏休み、開放的な山の空気の中で星降る夜空を見上げれば、どんな女のコでもロマンチックな気分になってくるって。そこで、こう、グッと迫れば……」

「ほんとかぁ？」

桂《けい》が不信感もあらわに訊《き》くと、跨はムキになって、

「ほんとだって。女のコはムードに弱いから、そーゆーシチュエーションならバッチリだって、雑誌に書いてあったんだから」

あー、これは失敗するな。

さして深く考えなくても、桂は悲惨な結果を予見することができた。この計画は、絶対成功しない。こんな甘い見通しで物事がうまくいくなら、日本は先の戦争で勝利していたはずだ。

世間一般でよく言われるように、女のコがムードに弱いというのは、まあ、間違いではないだろう。だから、もし、相手がこちらのことを憎からず思っているのなら、跨《またぐ》の計画にも多少なりとも成功する可能性があったかもしれない。だが、それは、あくまでも相手がこちらにそれなりの好意をいだいているのが前提だ。そうした条件を満たしてないうえに、よりによって相手があの苺《いちご》ではうまくいきっこない。

「なあ、跨、やっぱ、やめといたほうがいいんじゃないか」

なんだかんだ言っても、跨は友達だ。桂《けい》としては、できれば友人に、こんな無謀《むぼう》な賭《かけ》に挑むことは思いとどまってほしかった。しかし、跨は日本人の特攻精神が、まだ失われていないことを示すように、

「とにかく、ここまできたんだから、チャレンジしてみるよ」

桂クンたら、ほんと勝手なんだから……。

家に上がり込んできた仔猫《こ》の世話を押し付けられたみずほは、腹立ちまぎれにお気に入りのチョコスナックをかじりながら、さっきから何度となく繰《く》り返してきたつぶやきを、また、心の中で繰り返した。ポッチーは煙草《タバコ》と一緒でイライラすると本数が増えるようで、夕食前だというのに、もうこれで二箱目だ。

仔猫のほうは桂に散々遊んでもらって疲れたのか、相手をしてくれる者がいなくなると、リ

ビングのソファの上でまるくなって眠ってしまった。みずほは座卓を挟んで、時折、そちらの様子を窺《うかが》いながら、小さな猛獣《もうじゅう》がじっとしていてくれることにホッとしていた。そろそろ夕食の時間だが、ポッチーで腹が膨《ふく》れてしまい、あまり作る気がしない。それに、自分で作った食事を自分ひとりで食べるのは、なんとも味気ないことだ。

気晴らしに、どこか外に食べに出ようかしら……と考えていると、眠っていた仔猫が目を覚ました。頭を低くし、おしりを高々とあげて、猫背の背中をぐぅーんとのばす。背のびがすむと、仔猫は大きなあくびをしてから、熱心に顔を洗いはじめた。

なんだか、変わったことをするのね。

右の前足を舐《な》めては、それを顔にこすり付ける動作を繰り返すのを、みずほが興味深《きょうみ》げに観察していると、つぶらな瞳《ひとみ》と目があった。仔猫は顔を洗う手（前足？）を止めると、ソファをおりて、彼女のほうへとやってくる。

「な、な、なに？　どうして、こっちにくるの？」

みずほはポッチー片手に立ち上がると、壁際《かべぎわ》まであとじさった。仔猫は彼女の足元までくると、そこに腰をおろしてうるさく鳴きはじめる。

「あっち行ってよ、シッシッ」

みずほが追い払おうとしても、仔猫は動じた気配《けはい》もない。彼女の顔を見上げて、「みゃあーう、みゃあーう」と、なぜかしら無視できない響《ひび》きの声で鳴きつづける。

「ひょっとして、おなかすいてるの？」

そう思ったのは、ちょうど夕飯時だったからだが、どうやら図星だったようだ。みずほの言葉が通じたわけでもあるまいが、仔猫《こ》は一旦《いったん》鳴くのをやめると、さっきまでとは声の響《ひび》きを変えて、まるで、「そうです」というようにうれしげな鳴き声を上げた。そして、ここに入ってるものを出してとばかりに、冷蔵庫の前に行く。さっき自分と遊んでくれたひとが、そこからおいしものを取り出したのを、ちゃんと覚えていたらしい。

やっぱり、ごはんがほしいのね。

仔猫がなにを求めているのか、おおよその見当はついたものの、そこでまた新たな疑問が一つ生じた。

この動物、主食はなんなのかしら？

仔猫はみずほがなかなかおいしいものを出してくれないのに焦《じ》れたのか、冷蔵庫のドアの前を行ったりきたりしながら催促するように鳴く。ぐずぐずしていると、エサのかわりに自分が食べられそうな気がして、みずほはノートパソコンに似た端末を操作し、ディスプレイに銀河連盟制作の駐在監視員《ちゅうざいかんし》マニュアルを呼び出した。困ったときのマニュアル頼みというわけで、早速、検索してみたが、猫のエサについてはなにも書かれていない。

もぉッ、どうしてこんな大事なことが載ってないのよ！

みずほは腹立ちまぎれに、座卓の上に出したままになっていたポッチーを咥《くわ》えると、パキパキと音をさせてかじった。冷蔵庫の前をうろつく仔猫の鳴き声が、さらに大きくなる。

ああ、怒ってる……わたしがぐずぐずしてるから怒ってるんだわ、きっと。

みずほの胸に、指先を咬《か》まれたときの恐怖が甦《よみがえ》る。額《ひたい》に冷や汗を浮かべながら、もう一度、マニュアルを隅から隅まで見た彼女の目が、その末尾で止まった。そこには、「なお、当マニュアルが対象としていない不測の事態に遭遇したときは、以下の機関に連絡し、相談すること」とあり、その下にひとつの電話番号が記されている。

これだわ！

みずほは一足飛びに電話機のところに行くと、受話器を持ち上げ、マニュアルの最後に記されていた番号をプッシュした。三度目の呼び出し音の途中で電話が繋《つな》がり、柔らかい女性の声で、

「はい、こちら子供電話相談室」

えッ、子供？

受話器を握ったみずほの目が点になる。彼女が言葉に詰まっていると、受話器の向こうの相談員が、

「どうしたのかな？　まずは、お名前を聞かせてちょうだい」

ど、ど、どうしよぉ……。

子供電話相談室というからには、当然、ここは子供の相談に応《こた》える機関なのだろう。そんな

ところに、いい大人《おとな》の自分が電話をしても取り合ってもらえるはずがない。しかし、今のところ、ここ以外に相談できるあてはないのだ。

こうなったら……。

みずほは腹をくくると、電話の相手には姿が見えないのをいいことに、舌足らずな口調で、

「もちもち、あたち、かざみみずほ」

「みずほちゃんね。みずほちゃんは、今、いくつ？」

「みっちゅ」

「そう……それで、みずほちゃんは、なにが訊《き》きたいのかな？」

まさか、いい年をした宇宙人が年齢《ねんれい》を偽って電話を掛けてきたとは思ってもないらしく、受話器の向こうの相談員は電話の主を子供だと信じて疑わないようだ。

「えーっとぉ、猫って、ごはんになにを食べるの？」

ううッ、どうしてわたしが、こんなことしなきゃなんないのよぉ～。

みずほは「子供しゃべり」で質問をすると、心の中で滝のような涙を流した。

「そぉーねぇ、キャットフードっていって、猫さん専用のごはんがあるんだけど、それがないときは、猫まんまを作ってあげるといいわ」

「猫まんま？」

「ごはんに鰹節《かつおぶし》を混ぜたもののことよ。猫さんは、これが大好きなの。あ、でも、猫さんは

猫舌だからごはんはちゃんと冷ましてあげてね。それから、お醤油《しょうゆ》とかも掛けちゃダメよ。塩辛いものは、猫さんの身体《からだ》によくないの」

「ハイ、わかりまちた」

「あと、焼いたお魚の身とか、かまぼことかも一緒にあげると喜ぶわよ」

「どうも、ありがとぉ」

と礼を言い、みずほは電話を切った。

あー、恥ずかしかった。

誰《だれ》にも見られてなかったからいいようなものの、自分が今したことを思い返すと、それだけで顔が熱くなる。赤くなった頬《ほお》に両手を当てたみずほは、ふと、何者かの視線を感じて、まわりを見まわした。すると、いつの間にかそばにきていた仔猫《こ》が、彼女の顔をまるい瞳《ひとみ》で、じっと見上げている。

「な、なによ、あなたのためにしたことなのよ！」

みずほは恥ずかしさをまぎらわせるため、殊更、足音荒くキッチンに向かうと、電話で教えてもらったばかりの「猫まんま」なるものを作りはじめた。炊飯ジャーに残っていた冷や飯を小鉢に盛ると、そこに鰹節を振りかけ、箸《はし》で混ぜる。仔猫はみずほが自分の食事を用意してくれているのがわかるのか、ごろごろと喉《のど》を鳴らしながら彼女の足に身をすり寄せてきた。

「ひゃッ！」

素足をなでる毛皮の感触に、みずほは箸《はし》と小鉢を持ったまま飛び上がる。

「ちょっとぉ、こっちにこないでよぉ～」

みずほはアパートの中を逃げまわったが、作りかけの猫まんまを持っているので、当然、仔《こ》猫はそれを目当てに追いかけてくる。彼女はとうとうバスルームに駆け込むと、内側からドアを閉めて、ようやく仔猫の追跡を振り切ることに成功した。仔猫はしばらくのあいだバスルームの前でうろうろしていたが、やがて、ドアを前足の爪《つめ》でカリカリとひっかきはじめた。

「ひッ」

今にもドアが破られそうな気がして、みずほは水の張られていないバスタブに飛び込んだ。

どーして、こんなことになるのよぉ……。

みずほはバスタブの中にしゃがみ込むと、半泣きになりながら作りかけの猫まんまを混ぜつづけた。


「あー、おいしかった」

缶詰だけがおかずの簡素な夕食をすませると、ビニールシートの上に両足を投げ出した小石《こいし》は満足そうに言っておなかをなでた。飯盒《はんごう》で炊《た》いたごはんは少し芯《しん》があったが、山の緑に囲まれてする食事は胃袋だけでなく、心も満たしてくれるものだった。いつしか、さしもの長い夏の日もとっぷり暮れて、あたりは真っ暗になっていた。夜空を彩る星の光を除いては、近くの木に吊《つる》したカンテラ型のライトだけが唯一の光源だ。

　夕食の後片付けが一段落すると、跨《またぐ》はリュックの中からトランプを取り出して、

「ね、みんな、トランプやらない？」

　みんながやるともやらないとも言わないうちから、跨はプラスチックのケースからカードを出すと、いそいそとシャッフルしはじめる。大富豪、ポーカー、ババ抜き、七並べ……と、一通り知っているゲームをやったところで、桂は、今、何時なんだろうと思って腕時計を見た。

時刻は十時をまわったばかり。跨の話によると流星群が見られるのは真夜中過ぎらしいので、何十年に一度の天体ショーの開幕には、まだまだ間がある。

「なんか、トランプも飽きちゃったね」

　と小石が言うと、跨は待ってましたとばかりに、

「それじゃあ、きもだめしなんかどうかな？」

「きもだめし？」

「うん」

　跨は自分たちがここにくるときに登ってきたのとは反対の方向にのびる小道を指さした。

「あの道をずぅーっと登っていくと、右手に小さなお堂があるんだ。だいたい十五分ぐらいかかるかな。男女でペアになって、そこまで行って帰ってくるんだ」

「面白《おもしろ》そうね」

小石《こいし》は飛び付くように賛成したが、桂《けい》は気乗り薄《うす》な様子で、

「でも、危なくないかな」

「大丈夫、一本道だから絶対迷わないって」

跨《またぐ》はリュックの中からロウソクを取り出すと、それを三人の目の前に差しだした。

「最初のペアがお堂に行って、そこにロウソクを立てて火をつけてくるんだ。あとから行ったペアは火を消して、そのロウソクを持って帰ってくる。これでどう？」

「いいわね」

小石は軽くうなずくと、桂のほうを向き、

「桂クンもやるでしょ？」

「うん、まあ……」

桂が曖昧《あいまい》な返事をすると、今度は跨が苺《いちご》の顔色を窺《うかが》いながら、

「森野《もりの》はどう？」

「みんながやるなら付き合うわ」

「じゃあ、これで決まりね」

どういうわけか、小石はいやに乗り気のようだ。

「それで、組分けのことなんだけど、クジ引きで……」

と跨が切り出すと、小石は元気よく手を挙げて、

「ハイハーイ、あたし、桂クンとがいい」

　あまりにもきっぱりとした選択の表明に、桂と跨が面食らった顔をする。苺はそんなふたりの顔を等分に見ながら、

「だったら、わたしは残ったほうでいいわ」

「それって、ボクのことだよね？」

　苺が無言でうなずくと、残り物扱いされた跨は複雑な表情を顔に浮かべた。

「それじゃあ、あたしたちが先発ね」

　跨の作ったクジを引いて、どちらのペアが先に行くかを決めると、先に出発することになった小石が用意してあったロウソクと使い捨ての百円ライターを手に取った。

「がんばってこいよ」

　懐中《かいちゅう》電灯を手にした桂は、跨の意味ありげな言葉に送られて、小石とともに木立の中へ分け入っていく。カンテラ型のライトが照らす範囲《はんい》を離れると、あたりは鼻をつままれてもわからない暗さで、こうなると手にした懐中電灯の光だけが頼りだ。それで足元を照らしながら、桂は細い山道を小石と肩を並べてゆっくり進む。

　がんばってこいって、なにをだよ……。

　さっきの言葉でわかったが、どうやら、このきもだめしも跨の《作戦》のうちのひとつのようだ。こうして二組に分かれて、暗い中をカップルで行動すれば、お互いの親密さが増すとで

も考えたのだろう。おそらく、この組み合わせになるように細工を施したクジを用意していたに違いない。結果としては、それを使うまでもなく、考えていた通りのカップリングになったわけだが、そのときの苺《いちご》の態度を見ると、桂《けい》には跨《また》ぐの計画が実を結ぶ可能性は、ますます低くなったように思われた。そんなことを考えながら夜道を歩いていると、不意に左のほうの藪《やぶ》でガサリと音がした。

「きゃッ!」

悲鳴を上げて、小石《こいし》が桂に抱き付いてくる。

「へ、縁川《へりかわ》……」

桂は小石の行動に驚《おどろ》きつつも、懐中《かいちゅう》電灯の光を音がした藪のほうに向けた。しばらく光の輪を探るように動かしてみたが、藪からはもう物音はせず、その奥になにかがいる気配《けはい》もない。たぶんさっきのは、タヌキかそれに類する小動物が近付いてくる人間の足音に驚いて逃げたのだろう。

「大丈夫、なんにもいないよ」

桂がそう言うと、小石は彼の身体《からだ》にしがみついたまま藪のほうを怖々と見た。

「あの、縁川……」

「なに?」

「そろそろ離さない?」

と言われて初めて、小石《こいし》は自分が桂《けい》の身体《からだ》にしっかりと抱き付いていることに気付いたらしく、弾《はじ》かれたように身を離した。

「ご、ごめんなさい」

桂は笑って、

「縁川《へりかわ》って、案外、臆病《おくびょう》なんだな」

「しょうがないでしょ。突然でびっくりしたんだから」

暗闇《くらやみ》の中、小石は頬《ほお》を赤らめて唇を尖《とが》らせた。桂は、そうした子供っぽいしぐさが見えたかのように微笑《ほほえ》むと、懐中電灯の光を足元に戻し、歩きだす。すると、小石が懐中電灯を持っているのとは反対の腕に、自分の腕をからませてきた。桂が驚いた顔を向けると、小石は少し拗《す》ねたような口振りで、

「いいでしょ？　こうしてないと、ちょっぴり怖いんだもん」

そう言われては振りほどくわけにもいかず、桂は小石に腕を取られたまま歩を進めた。細い山道を登ってゆくにつれ、高まる不安を抑えるためか、それとももっと他《ほか》の意図があるのか、小石は桂の腕により強くしがみ付いてくる。そうされると、二の腕に弾力のあるふくらみが押し付けられて、その生々しい感触が桂の心拍数を跳ね上がらせた。

「あ……あんまり、くっつくなよ」

「だって、しっかりつかまえてないと、桂クン、またいなくなっちゃいそうなんだもん」

小石は桂の言葉に逆らって、さらに身体を密着させると、ふっと表情を翳《かげ》らせて、

「あたし、ヤだよ。この前みたいなの」

「この前？」

「夏祭であったとき。桂クンが言うから、あたし、美人コンテストに出たのに、途中でいなくなっちゃったじゃない」

「いや、あのときは急用を思いだして……」

今ここで、そのときの話が出てくるとは思ってもいなかっただけに、桂はしどろもどろになった。

「あたし、優勝したんだよ」

「えッ、マジ？」

「ウ、ソ」

「なんだ」

「でも、最終選考には残ったわ」

「そうなんだ」

「ま、あたしの魅力《みりょく》をもってすれば当然よね」

「そ、そうだね」

桂がためらいがちに相槌《あいづち》を打つと、小石は畳みかけるように、

「ほんとにそう思ってる？」

「思ってるよ、もちろん」

桂《けい》はあわてて必要以上に大きくうなずいた。

「つまり、それって、あたしが桂クンにとって全然魅力のないコじゃないってことよね？」

「う、まあ、そうなるかな」

「だったら……」

小石《こいし》がなにか言おうとするのを遮って、足を止めた桂が短い声を上げる。

「あッ」

「な、なに？」

小石はギクリと身を堅くした。

「ほら、見て。お堂」

懐中《かいちゅう》電灯の放つ光の中に古びたお堂が浮かび上がる。

「ここが目的地みたいだね」

「なんだ……」

桂の腕を指が喰《く》い込むほど強くつかんでいた小石の手から力が抜けた。

跨《またぐ》の言ったとおり、そのお堂は道の右手に、薮《やぶ》に埋もれるようにしてあった。しゃがめば、なんとか人がふたりは入れる大きさで、ずいぶん古いもののようだ。参る者もいないのか、荒れ放題で、未《いま》だ建物としての体裁を保っているのが不思議なくらいだ。

「うわー、ボロっちぃー」

小石は懐中電灯を持った桂のそばに立ち、格子戸の隙間《すきま》からお堂の中を覗《のぞ》き込んでいた。やがて、なにげなく格子戸に手を掛けて手前に引いてみると、それは不気味な軋《きし》み音を立てて開いた。

「あ、これ開くよ」

「おい、よせよ」

桂が止めるのも聞かず、小石はさっきまでビクビクしていたのが嘘《うそ》のような大胆さで、お堂の中に頭を入れる。

「ホコリくさぁーい」

中の様子に顔をしかめた小石は、振り向くと同時にそれを悪戯《いたずら》っぽい表情に変え、

「ちょっと中に入ってみない？」

「入って、どうすんのさ？」

桂が、なにを言い出すんだという顔をする。バチが当たるなどと非科学的なことを信じているわけではないが、やはり、そうした行為に抵抗があるのは否めない。

「コン中に隠れて、あとからきたふたりをおどかすの」

「そうゆうのって趣味《しゅみ》悪いよ」

「でもさぁ、苺《いちご》の驚《おどろ》いた顔って見たくない？」

桂《けい》は少し考えてから、

「それは、ちょっと見たいかも」

桂が控えめに同意すると、小石《こいし》は彼の持つ懐中《かいちゅう》電灯の光を頼りにお堂の中に入ってゆく。窮屈《きゅうくつ》な中で向きを変えた彼女が手招きすると、桂もお堂の中に入ってうしろ手に格子戸を閉めた。その途端《とたん》に、ミシッと不吉な音がして、ふたりが身体《からだ》を堅くする。次の瞬間《しゅんかん》、老朽化したお堂の床が抜けた。

「うわッ！」

落下、衝撃《しょうげき》、暗闇《くらやみ》——。

背中を強く打って、桂は一瞬、息が止まった。仰向《あおむ》けになった身体の上に、なにか柔らかなものが乗っている。すぐにそれが小石の身体だと気付き、桂は握ったまま離さなかった懐中電灯の光をそちらに向けた。小石の顔は意外なほど間近にあって、彼女は光のまぶしさに目を細めて、

「桂クン、大丈夫？」

「縁川《へりかわ》は？」

「あたしは……たぶん、大丈夫」

小石が身を起こすのにあわせて、桂も上体を持ち上げた。

「いったい、どうなっちゃったの？」

身体についた土を払いながら小石が訊《き》くと、桂は懐中電灯の光を上へと向けた。それが、ふたりの頭の上に開いた床板の裂け目を照らしだす。人を呪《のろ》わば穴ふたつとはよく言ったもので、邪《よこしま》な意図を秘めて桂と小石がお堂の中に入った途端《とたん》、ふたり分の体重を支えきれなくなった床が抜けたようだ。そして、なんのためにか、床下に掘られていた穴の中へと落ちてしまったらしい。穴は結構深くて、立って手をのばしたぐらいでは、とても縁《ふち》まで届かない。こんなところに落ちたのに、ふたりとも大した怪我《けが》がなかったのは不幸中のさいわいと言えよう。

どうして山の中のお堂の床下に、こうした穴があるのか定かではないが、おそらくは、なにかを隠すために掘られたもののようだ。それが山賊のお宝か、幕府の検地を逃れて作った隠し田から穫《と》れた米か、あるいは追っ手を逃れてこの地に逃げ込んだ貴人なのかはわからない。とりあえず、そうした考察はさておいて、今、第一に考えるべきことは、ここからどうやって出るかだ。まずは、その場で飛び上がってみたが、これは到底無理だ。次に桂が馬になり、その上に小石が立って手をのばしたが、それでもまだ縁には届かない。こうなったら、あとは肩車しかない。そう思って、桂がその方法を提案すると、小石はどことなく気の進まない顔付きで、

「肩車ってことは、桂クンが、あたしにするのよね」

それはそうだろう。いくら、桂が男性にしては小柄だとしても、この場合、小石が上に乗るのが順当だ。小石がなにをためらっているのかわからなくて、桂が物問いたげな顔していると、

彼女はそれに背を向けて、思い切ったように足を開いた。

「いいわよ」

「それじゃあ……」

と言って、小石《こいし》の背後でしゃがんだ桂《けい》は、ここで初めて、彼女が肩車をされることにためらいを見せた理由に気付いた。今、小石がはいているのはジーンズのミニスカート、それも、少し深く前に屈《かが》めばショーツが見えようかというほど裾《すそ》の短いものだ。肩車をするということは、当然、そんな彼女の無防備な股ぐらに頭を突っ込むことになる。ジーンズのミニスカートに包まれた小ぶりのヒップを目の前にして、桂はようやくそのことに気付いた。なるほど、そういうことなら、小石が躊躇《ちゅうちょ》したのもわかる。だが、今は緊急《きんきゅう》事態だ。他《ほか》に方法がない以上、我慢してもらうしかない。桂は深く下げた頭を、小石の背後から彼女の足のあいだに入れた。

「あン」

小石が、聞きようによっては妙な誤解を招きかねない声を出す。足を踏ん張って、桂が立ち上がろうとすると、スカートの裾がずり上がり、少年の首筋と白いショーツに隠されたふっくりとした部位が密着した。

「あーッ、やっぱり、ダメダメッ！」

小石は顔を真っ赤にすると、桂の頭をポカポカ殴る。

「わッ、わッ、わッ！」

あわてて頭を抜こうとしても、小石も気が動転しているのか、発育のいい腿《もも》でしっかりと挟み込んでくるのだから、桂としてはたまったものではない。脳天に散々こぶしを喰《く》らってから、なんとか頭を引き抜くと、唾《つば》を飛ばして、

「なにすんだよ！」

「だぁってぇ～」

ずり上がったスカートの裾《すそ》を下へとひっぱりながら、小石が、しょうがないじゃないと言いたげな顔をする。彼女の気持ちもわからないではないが、これでは肩車などできっこない。桂はずれたメガネの位置を直すと、もう一度、懐中《かいちゅう》電灯を上へと向けた。さて、これからどうしたものか……と考えていると、突然、小石がパンと手を打って、

「そうだ、いいこと思いついたわ。桂クンのジーパンと、あたしのスカートを交換するの」

「ええッ！」

「ミニスカだと困るけど、ジーパンはいてれば肩車されてもオッケーだし……」

「ちょっと待てよ。それだと、俺《おれ》は肩車してるあいだ、縁川《へりかわ》のスカートはくのか？」

「パンツ一丁のほうがいいんだったら、それでもかまわないけど」

ミニスカートからジーパンにはきかえる小石のほうは気楽なものだが、反対の桂はそうもいかない。スコットランド人でもないのにスカートをはかされるなんて、まっぴらだ。

桂が返事を渋っていると、小石は、どことなく事態を面白《おもしろ》がっている風情がにじむ口調で、

「他《ほか》に方法がないんだから仕方ないじゃない」

ほんとにそうかぁ？

桂《けい》は心の中で首をかしげたが、さしあたって他のアイデアを出せない以上、ここは小石《こいし》の案に従うしかない。背に腹はかえられないが、はいているものならかえられる。桂はやむなく、小石のスカートと自分のジーパンをとりかえることにした。

「こっち見ないでね」

「わかってるって」

ふたりは背中合わせになると、脱いだジーパンとミニスカートを手探りで交換した。

小石は受け取ったジーパンに足を入れながら、

「どう、桂クン？　あたしのスカートはける？　きつくない？」

「うん、ぜんぜん大丈夫」

「そ、そう……」

小石は口元をわずかに引きつらせると、明日からのダイエットを堅く心に誓う。一方、桂のほうはミニスカートの裾からのびる自分の臑《すね》を見下ろして、なんとも情けない気持ちになっていた。できることなら、誰《だれ》にも見せたくない格好だ。

「もういいわよ」

と小石に言われ、桂はおずおずと振り向いた。このときばかりは、手にした懐中《かいちゅう》電灯以外に明かりがないのがありがたかった。

「あんま、見んなよ」

なにか言いたげな小石にそう言うと、桂はその場にしゃがみ込んだ。とっととこの穴から出て、服を元通りにしたい。なにをおいても、今はそれが最優先事項だ。小石が黙《だま》って向こうを向くと、桂は彼女の足のあいだに頭を入れた。足を踏ん張って立ち上がっても、今度はおとなしくしている。肩車をされた小石は床板の裂け目から首を出すと、両腕を使って自分の身体《からだ》を引きずり上げた。裂け目の縁《ふち》から腕をのばしただけでは、穴の底にいる桂には届かないので、腰に巻いていたベルトをはずして垂らす。それにつかまって、桂はなんとか穴から這《は》い出ると、こんなところは、もうこりごりだという顔で、お堂の格子戸を内側から開けた。

あー、いいお湯だった……。

みずほは風呂《ふろ》からあがると、裸身にバスタオルを巻いただけの格好でダイニングキッチンに足を運んだ。冷蔵庫で冷やしてあった作り置きの麦茶で喉《のど》を潤《うるお》してから、リビングルームに入る。そこのソファには風呂に入る前に用意しておいた寝間着がわりのキャミソールが出してあった。そして、その上に淡いピンクのショーツが置かれている。それをはこうと、みずほが手に取ると、突然、座卓の下にいた仔猫《こ》が飛び出してきた。たぶん、小さくまるまったショーツが持ち上げられて、ふわふわ揺れたのに気を引かれたのだろう。仔猫がショーツに飛びつくと同時に、みずほは悲鳴を上げて、それを放り出した。ソファの上に着地すると、仔猫《こ》は早速、仕留めた獲物《えもの》にじゃれ付きはじめる。

「ちょっと、やめてよ！」

みずほは甲走った声を上げたが、仔猫はおかまいなしだ。なにが気に入ったのか、ピンクのショーツと無邪気に戯《たわむ》れている。

「返してったら、わたしのぱんつ！」

こんなふうに、自分の下着をおもちゃにされていると、どういうわけか、なにも着けていない腿《もも》の付け根がむずむずしてくる。取り返したいのはやまやまだが、かと言って、下手《へた》に手を出すと、また指を咬《か》まれるかもしれない。どうしたものかと迷った末に、みずほは声を張り上げて、自分専用の自律型生体インターフェイスの名を呼んだ。

「まりえ！」

まだ本調子ではないのか、それまでテレビの上でゴロゴロしていたまりえが飛び起きる。

「の？」

「まりえ、あいつから、わたしのぱんつ取り返して」

「の！」

みずほの指示に、まりえが敬礼で応《こた》える。しかし、みずほの指先が柔らかな毛に包まれた小さな生き物を指しているのに気付くと、まりえはシンプルな造りの顔に困惑した表情を浮かべた。みずほの指示には常に忠実なまりえだが、未知の生物の相手は管轄《かんかつ》外なのか、まんまるな目で仔《こ》猫をしげしげと見てから視線をみずほに移し、自分の顔を腕の先で指す。ジェスチャーでの問いかけに、みずほはこっくりうなずいて、

「そう、あなたが取り返すの」

まりえは及び腰で仔猫に近付いたが、あと数センチというところで足を止め、お伺《うかが》いを立てるようにみずほの顔を見た。

「まりえ、最優先事項よ！」

おなじみのセリフで叱咤《しった》され、まりえはやむなく、仔猫がもてあそんでいたショーツの端をつかんだ。腕に力を入れてひっぱると、伸縮《しんしゅく》性に富む布地が、ぐぃーんとのびる。

「あン、ダメよ。そんなにしたら、のびちゃうわ」

みずほが握り締《し》めた左右のこぶしを上下に振って言う。仔猫はまりえが自分の獲物《えもの》に手を出しているのに気付くと、新しい遊び相手が現れたとばかりに、嬉々《きき》としてじゃれ付いてきた。

「まりえ、負けちゃダメ」

と、みずほは言うが、仔猫とまりえの体格はほぼ互角。まりえがおっかなびっくりなのに対し、仔猫のほうはやる気満々なのだから、最初から勝負はついているようなものだ。案の定、ショーツをつかんだまりえは仔猫に組み付かれ、いいように遊ばれだした。

「のぉ～」

ザラつく舌で顔を舐《な》められて、まりえが情けない声を上げる。

「もう、なにやってるの」

結局、まりえが仔《こ》猫からショーツを奪還するのに成功したのは、それから三十分近く経《た》ってからだった。夏場だったからいいようなものの、そうでなければ湯冷めして風邪《かぜ》を引いていたところだ。みずほはまりえが取り返してくれたショーツをはくと、キャミソールを着て、早々に隣《となり》の和室へと入っていった。ここは、夫婦の寝室として使っている部屋だ。いつもなら、まだ床につく時間ではないが、今日は小さな闖入《ちんにゅう》者のせいで、いっときも気の休まることがなく、すっかり疲れてしまった。今夜は、もう寝よう。そう思って押入から布団を出したみずほだが、ふと気が付くと、その必要もないのに普段《ふだん》のクセで桂《けい》の布団も並べて敷《し》いてしまっていた。

そもそもこんなことになったのは、桂があんな野蛮な動物を拾ってきたりしたからだ。部屋の明かりを消したみずほは、からっぽの寝床に向かって小さく「バカ」とつぶやいてから、その隣に身を横たえた。目を閉じ、眠りの世界に足を踏みだそうとすると、ダイニングキッチンとの境の引き戸をカリカリひっかく音がする。

また、あいつね。

しっぽを生やした小さな悪魔《あくま》の姿を思い浮かべて、みずほは心の中で舌打ちをする。

仔猫はしばらくのあいだ、ノックのかわりに引き戸をひっかいていたが、それが効果がないとわかると、今度は、にゃあにゃあとうるさく鳴きはじめた。どうやら、中に入れろと言っているらしい。

ンもぉ、うるさいわねぇ……。

みずほは腹に掛けていたタオルケットを頭の上まで引き上げた。引き戸越しに聞こえてくる鳴き声は、最初はなにかを催促するみたいな響《ひび》きだったのが、徐々に哀願するような、切ない調子になってくる。

「にゃあーぅ……にゃあーぅ……みゃぅーん」

それは、異星からきたみずほの胸をも締《し》め付けるほど哀《かな》しげなものだった。

いくら鳴いても、ダメなんだから……。

頭からタオルケットをかぶったみずほは、引き戸の前で鳴く仔《こ》猫の存在を脳裏から締めだそうとするかのように堅く目をつぶった。

「おかしいなぁ」

跨《またぐ》が首をひねったのは、お堂へと向かう道を半分ばかりきたときだった。

「なにが？」

隣を歩く苺《いちご》が短く訊《き》くと、

「いや、そろそろ桂たちと出会ってもいい頃《ころ》なんだけど」

ふたりがお堂に向かって歩きだしたのは、桂《けい》と小石《こいし》が出発してからかっきり十五分後。お堂までの片道に要する時間をだいたいそれぐらいと考えて、先発隊が向こうに到着した頃《ころ》を見計らって出たのだ。道は一本道なので、こうして歩いていれば、折り返してきた桂と小石に必ず途中で行き会うはずなのに、なかなかふたりは現れない。

「一本道だから、迷うはずないしなぁ」

真っ暗な山道だから、わずかな明かりでも目立つ。懐中《かいちゅう》電灯で足元を照らしながら近付くものがあれば、遠くからでもわかるはずだ。まさか、事故でも起きたのかと、跨はだんだん不安になってきた。

「なにかあったのかな?」

「ひょっとして、ふたりで、なにかしてるのかもね」

「なにかって、なに?」

反射的に聞き返した跨《またぐ》に、苺《いちご》は顔の筋ひとつ動かさず、

「例えば、暗闇《くらやみ》でくんずほぐれつ」

「く、くんずほぐれつ……」

なにを思い浮かべたのか、跨は手にした懐中電灯を取り落としそうになった。

「小石も草薙《くさなぎ》クンも、ブレーキの利かない年頃だから」

苺のぼそりとしたつぶやきが、跨の妄想を一気に加速させる。

暗い中で、桂が縁川《へりかわ》と、いろんなことをしたりされたり……。

アダルトビデオやグラビア誌や成年向けコミックやクラスメイトとの猥談《わいだん》で仕入れたピンク色のビジョンが、跨の頭の中で渦を巻く。しかも、それらに登場する男女の顔は、すべて桂と小石《こいし》のものに差し替えられていた。

ずッ、ずるいぞ、桂！　あんまり乗り気じゃないようなこと言っといて、自分だけオトナになるなんて！

出所不明の焦燥《しょうそう》感に駆られた跨は、傍らの苺《いちご》に、

「森野《もりの》、急ごう」

「どうして？」

「だって、ほっといて大変なことになったら大変だろ」

「大丈夫。ふたりとも高校生なんだから、やり方はわかっているはずよ」

「だったら、なおさら早くしないと！」

「あんまり、早いと嫌われるわよ」

「なんのハナシだよ」

「ナニのハナシよ」

頓珍漢《とんちんかん》なやり取りをしつつも、ふたりはお堂に向かって足を急がせた。

「待って」

しばらく行ったところで、不意に苺《いちご》が立ち止まる。振り向いた跨《またぐ》が苛立《いらだ》たしげに、

「なに？　どうしたの？」

「お堂って、あれじゃないの？」

苺は相変わらずの無表情で、通り過ぎたばかりのところを指さした。確かに、彼女の指がさし示すところには古びたお堂があった。際限なくふくらむ思春期の妄想で頭をいっぱいにした跨は、目的地をうっかり通り過ぎてしまったのだ。あわててお堂の前まで引き返し、周囲に懐《かい》中《ちゅう》電灯の光を走らせる。しかし、桂《けい》と小石《こいし》の姿は、どこにもない。

いったい、ふたりはどこに行ったのかと、跨が頭を悩ませはじめたとき、お堂の中でなにか音がした。ハッとして懐中電灯の光をお堂の格子戸に向けると、それを内側から開けて、中から桂が出てきた。そして、そのあとから小石も姿を現す。

「桂！　縁川《へりかわ》！」

意外な場所からの登場に、跨が目をまるくする。服や手足を泥で汚した桂は、照れくさそうに頭をかいて、

「いやぁ、ちょっと大変なことになっちゃって……」

「確かに、大変なことになってるみたいね」

そう言う苺の視線は、懐中電灯の光の中に浮かび上がった桂の下半身に向けられていた。

「桂、その格好……」

絶句した跨の目も同じところに向いている。桂は咄嗟《とっさ》には、なぜ自分がそんなに注目を浴びているのかわからなかった。しかし、すぐに自分がジーパンと小石のミニスカートとを取り替えたままなのに気付くと、きつく股《また》を閉じ、短い裾《すそ》を両手で押さえて、

「み、見るなぁーッ！」


その夜、みずほは夢を見た。夢の中で、彼女は仔《こ》猫になっていた。全部ではなく、ほんの一部だけ。ピンと尖《とが》った三角の耳に、形のいいおしりから生えたしっぽ。猫らしいのはそこだけで、あとは人間（宇宙人？）のままだ。もっとも、サイズはぐんと小さくなって、首根っこをつかんで、ひょいと持ち上げられそうな大きさになっている。身に着けているのは、お気に入りのキャミソールだけ。しっぽが邪魔《じゃま》で、ショーツははいていない。

「桂くぅーん」

四つん這《ば》いになったみずほは鼻に掛かった甘ったるい声で名を呼びながら、桂の足に身をすり寄せた。すると、桂は彼女を両手で抱き上げて、

「かわいいなぁ、おまえ」

「ヤダ、かわいいだなんて……そんな、ほんとのコト」

頬《ほお》を赤らめたミニサイズのみずほに、桂が頬ずりをした。

「あン、もう大胆なんだから」

桂《けい》の積極的なスキンシップに、みずほはしっぽがクネクネしてしまう。

「ほんと、かわいいから、キスしちゃうぞー」

と言って、桂がキスの雨を降らせてくる。

チュッ、チュッ、チュッ……。

「あは、ダメだってば、もぉ〜」

ダメと言いつつ、みずほに嫌がる様子はまったくない。うれしそうに笑み崩れた顔で、頬《ほお》はもちろん、短い毛に縁取《ふちど》られたネコミミの内側までも真っ赤にしている。ひとしきりみずほをかわいがってから、桂は軽く眉根《まゆね》に皺《しわ》を寄せ、

「ところで、おまえ、オスメスどっちなんだ？」

「やぁーねぇ、そんなの決まってるじゃない」

「どっちか確かめとかないとね」

と言って、桂はキャミソールの裾《すそ》を指でつまんでめくろうとする。

「だ、ダメよ、そんなことしちゃ。今、下になにもはいてないんだから」

みずほは懸命《けんめい》に抗議したが、猫になった彼女の言葉は人間には通じないのか、桂は耳を貸そうとしない。必死で裾を押さえたが、今は互いの力に差がありすぎる。抵抗むなしく、ネコミミみずほは桂の手によって、キャミソールをヘソの下までまくり上げられてしまった。なにひとつ覆《おお》うもののなくなった秘密の花園に桂の視線が注がれる。

「どれどれ……」

「そんなとこ見ちゃダメエーッ！」

と、夢の中で上げた自分の悲鳴でみずほは目を覚ました。

夢……だったのね。

布団の上で上体を起こすと、大きくため息をつく。ひどい寝汗で、いろんなところがぐっしょり濡《ぬ》れている。このままでは気持ち悪くて眠れない。シャワーで汗を流そうと、立ち上がったみずほは和室の引き戸を開けた。

あら？

足元になにかあるのに気付いて、薄闇《うすやみ》の中、目を凝《こ》らしてみると、それはまるくなった仔猫《こ》だった。鳴き疲れて眠ってしまったのだろう。少しでも誰《だれ》かの近くにいたいという気持ちの表れか、引き戸に身体《からだ》を押し付けるようにしていたようだ。

そっか、寂しかったんだ……。

ただでさえ小さな身体を、さらに小さくまるめた仔猫の寝姿が、地球にきたばかりの頃《ころ》、寂しくてひとりでは眠れなかった自分の姿に重なる。みずほは優しく微笑《ほほえ》むと、そっと手をのばして、仔猫を抱き上げた。

「ただいまー」

始発のバスで帰ってきた桂《けい》は、おそらくはまだ寝ているであろうみずほを起こさないよう小声で言うと、スニーカーを脱いで部屋の中にあがった。余計な明かりのない山中で見た流星群は、本当に素晴《すば》らしかった。しかし、その前のドタバタ騒《さわ》ぎのせいで、跨《またぐ》の期待したようなロマンチックな雰囲気にはならず、彼の無謀《むぼう》な計画は水泡に帰した。元から成功するはずのない計画だったにもかかわらず、跨は、うまくいかなかったのは桂のせいだと考えているようだ。桂にとってはいい迷惑だが、そんなことよりも、この先ずっと、自分の無様なスカート姿をクラスメイトの三人に記憶《きおく》されつづけるのかと思うと気が重い。

桂はデイパックを自分の部屋に放り込むと、洗面所に行って顔と手を丹念に洗った。

先生、ぶちこの面倒《めんどう》、ちゃんと見てくれたかな？

出掛《でが》けのときの様子では、みずほと仔猫《こ》は、あまり折り合いがいいようには見えなかった。大変なことになっていなければいいのだが、と気を揉《も》みながら、桂はそっと引き戸を開けて、奥の和室に入った。カーテンの隙間《すきま》から射《さ》し込む朝日で中は薄《うす》明るい。布団の上で、キャミソール姿のみずほが、すうすうと安らかな寝息を立てている。そして、その枕《まくら》元には、仔猫がまるくなっていた。ひとりと一匹は、まるで、身を寄せ合うようにして仲良く眠っている。

微笑《ほほえ》ましい情景に桂は目を細めると、ホッと胸をなでおろして、

なんだ、心配することなかったな……。

仔猫の引き取り手が見付かったのは、桂がそれをアパートの部屋に招き入れてから四日後のことだった。最初の恐がりようはどこへやら、みずほはすっかり仔猫と打ち解けて、これならここで飼うこともできそうに思えたが、よく考えてみると、今は夏休みだからいいようなものの、学校がはじまれば、日中はふたりとも家を空けることになる。それでは、ろくに面倒《めんどう》も見られないだろうということで、まだまだ手の掛かる仔猫のために、ちゃんとした飼い主を捜すことにしたのだ。

このはのつてで、知り合いの獣医《じゅうい》のホームページに里親募集の告知を出してもらうと、すぐに、もらいたいという相手が現れた。隣《となり》の市に住むひとり暮らしの老婦人で、先年、長年連れ添った主人を亡くした寂しさをまぎらすために、ぜひ、もらい受けたいという。猫は嫁入り前に実家で飼っていて、世話はお手の物だというから、願ってもない相手だ。

「それじゃあ、よろしくお願いします」

約束した日の昼下がり、仔猫を受け取りに江田島《えだじま》家を訪れた老婦人を、門前に呼んだタクシーのところまで送ると、桂はそう言って頭をさげた。

「孫だと思ってかわいがりますからね」

大事そうに仔猫を抱いた老婦人は桂《けい》に微笑みかけると、タクシーの後部座席に乗る。ドアが閉まると、それまでおとなしく抱かれていた仔猫が腕の中からのび上がり、動き出した車の窓に取りすがった。喉《のど》の奥が見えるほど、小さな口がいっぱいに開かれている。分厚いガラスに遮られて声は聞こえなかったが、桂《けい》にはそれが、仔猫《こ》が自分にお別れを言っているように思われた。一抹の寂しさを感じながら、養子縁組《えんぐみ》のご挨拶《あいさつ》ですと言って老婦人に渡された菓子折を携えて、朝比奈《あさひな》コーポのほうに戻ってくると、階段の昇り口でみずほと鉢合わせした。

「みずほ先生……」

いらぬ詮索《せんさく》をされないよう、仔猫は、あくまでも江田島《えだじま》家に居候している桂が拾って、飼い主を捜していることになっていた。だから、みずほはこの件に関して表面上は無関係を装っていたが、やはり気になって、ここまで見送りに出てきたらしい。桂がアパートの部屋から仔猫を連れ出すときに、しっかりお別れはすませたはずなのに、まだ未練があるらしい。

桂の姿を見た途端《とたん》、みずほは彼に背中を向けた。

「どうしたの？」

そばにきた桂の目の前で、みずほの肩が小刻みに震《ふる》えている。

「ひょっとして泣いてるの？」

みずほは向こうを向いたまま首を左右に振って、

「泣いて……泣いてなんかいないわ」

その言葉が本当かどうか確かめるため、桂が肩口から覗《のぞ》き込もうとすると、みずほはくるりと振り向いて、目に浮かんだ涙を見せまいとするかのように、自分より背の低い少年の胸に顔をうずめた。

はつほの桃色講座

　どうしよう、どうしよう、どうしよう……。

　水澄楓《みすみかえで》は迷っていた。朝比奈《あさひな》コーポの前の通りを行ったりきたりするたびに、のびやかな肢体を包む淡いイエローのサマードレスと同じ色のリボンでポニーテールにした髪が、今の気持ちを表すようにふわふわ揺れる。

　やっぱり、こんなこと訊《き》いたらヘンに思われるわよね。でも、せっかくここまできたんだし、それに、他《ほか》にこんなこと訊ける相手もいないし……。

　散々迷った末、楓はアパートの階段をのぼって、クラス担任の風見《かざみ》みずほが住まう部屋の前にきた。暑い中、二十分近くもアパートのまわりでうろうろしていたので、生え際や脇《わき》の下が汗で濡《ぬ》れている。あと五分、決断するのが遅ければ、日射病で倒れていたかもしれない。のばした指をインターホンのボタンの前で少しためらわせてから、思い切ってチャイムを鳴らすと、ほとんど待つこともなくドアが開いた。

「はい、どなた？」

てっきりみずほが出てくるものと思っていた楓《かえで》の予想を裏切って、部屋の中から姿を現したのは、彼女の見知らぬ女性だった。年の頃《ころ》は、三十前後だろうか。髪を背中までのばし、ノースリーブのブラウスと裾《すそ》の長いフレアスカートを身に着けている。豊かな胸のふくらみ、それとは対照的な折れそうに細い腰、そして、優美なまるみを成すヒップ。男なら誰《だれ》でも抱き心地を試してみたくなるようなスタイルだ。ドキリとするほど赤いルージュと、下唇のそばに添えられたホクロが色っぽい。

「あ、あの、みずほ先生は……」

意外な人物の登場に、楓はとまどいを隠せない。

「あなた、みずほの生徒さん？」

微笑《ほほえ》みを浮かべた女性の問いかけで、楓はまだ、自分の身分を明かしていなかったことに気付いた。

「わたし、水澄《みすみ》楓といいます。学校では、みず……風見先生にお世話になってます」

楓が頭をさげると、相手の女性は軽くうなずいて、

「やっぱり、生徒さんだったのね。わたし、みずほの母のはつほです」

「えッ、お母様……」

と、楓が驚《おどろ》いたのも無理はない。どれだけ多く見積もっても、はつほはせいぜい三十なかば。みずほとは少し年の離れた姉妹といったところで、とても親子には見えない。しかし、はつほ

の言ったことは本当で、彼女は下の娘のまほとともに、何万光年もの彼方《かなた》から、派遣先の辺境惑星で原住民と結婚した姉娘——みずほの様子を見にきたのだ。

「お母さん、誰《だれ》かきたの？」

はつほの言葉を裏付けるように、部屋の奥から彼女を「お母さん」と呼ぶみずほの声が聞こえた。

「学校の生徒さんが訪ねてらっしゃったわよ」

「えッ？」

短い廊下を走る音がしてから、あわてた様子のみずほがはつほを押しのけるようにして、戸口に姿を現した。

「あら、水澄さん」

みずほはVネックのニットウエアに、膝丈《ひざたけ》のスリムタイプのジーンズという格好だった。教壇《きょうだん》に立っているときと違って、いつもはまとめてアップにしている髪を背中に垂らし、女教師然としたメガネも掛けていない。こうして髪をほどいた姿を見ると、彼女の顔立ちには、あきらかにはつほとの血の繋《つな》がりを感じさせるところがあった。おそらくはスタイルのよさも、母親譲《ゆず》りなのだろう。

「あの、わたし、今日は先生に相談したいことがあって……」

「立ち話もなんだから、とにかくあがってちょうだい」

みずほは楓《かえで》をクーラーの効いたリビングに通すと、座卓の前に座らせた。すると、いつの間に用意したのか、はつほが冷たい麦茶の入ったグラスを三つ、盆に載せて運んでくる。

「外、暑かったでしょう」

と言って座卓の上にグラスを並べると、はつほはそうするのが当然のような顔で、楓と向き合って座る娘の隣《となり》に腰をおろした。

早くも汗をかきはじめたグラスの中身で喉《のど》を潤《うるお》すと、楓は並んで座る前のふたりを見比べてから、

「あの、失礼ですけど、はつほさんっておいくつなんですか？」

訊《き》いてから、楓は自分の質問が不作法に過ぎたと思ったのか、あわてて付け足した。

「すみません。いきなり、こんなこと訊いちゃって。でも、はつほさんお若くて、とてもみずほ先生のお母さんには見えないから……」

「あら、正直なコ」

若いと言われて図に乗ったはつほが、しれっとした顔でとんでもない返答をする。

「わたし、今年で十七歳になりますの」

「お母さん！」

小さいが険のある声で言って、みずほが母親の脇腹《わきばら》を肘《ひじ》で小突いた。地球人とは寿命も年の取り方も違うので本当のところは明かせないとは言え、でたらめにもほどがある。

「なにすんのよ」

　と口の中で言って、はつほが娘の脇腹を小突き返した。無理に笑顔を作ったみずほは、片方の眉《まゆ》をひくつかせつつ、

「ごめんなさいね、うちのお母さんったら、冗談ばっかり」

「はぁ……」

　なんと答えていいのかわからなくて、楓が困った顔をする。

「ところで、水澄《みすみ》さん、なにかわたしに相談したいことがあるんじゃなかったの？」

　とりあえず話を変えようとするみずほに水を向けられて、楓は自分がここにきた目的を思い出した。

「はい、実は……」

　と言いかけて、チラリとはつほのほうを見る。どうやら彼女の相談事は、みずほ以外には聞かせたくない話のようだ。それを察したはつほは、いささかわざとらしくはあったが、如何《いか》にも、今、思い付いたといった風情で、

「あ、そうだ。さっき取り入れた、お洗濯《せんたく》物たたまなくっちゃ」

　立ち上がったはつほは、ダイニングキッチンとつづきになったリビングの出入り口で、楓に「ゆっくりしていってくださいね」と声を掛けてから、隣《となり》の和室へと入っていった。隣室《りんしつ》の引き戸を開け閉めする音がする。みずほはそれをきっかけに、

「それで、相談って？」

「え、ええ……」

よほど言いにくいことなのか、はつほが席をはずしてみずほとふたりっきりになったのに、楓《かえで》はなかなか肝心のことを口に出そうとはしない。手元のグラスに視線を落とし、しばらくもじもじしていたが、やがて、意を決したように顔を上げ、

「わたし、先生に教えてほしいことがあるんです」

「な、なぁに？」

楓の真剣な表情に気圧《けお》されて、みずほは少したじろいだ。

「ど、どうやったら、先生みたいに胸がおっきくなるんですか？」

「はぁ？」

あまりにも予想外の質問に、みずほの両目が点になる。これなら、「先生、実は宇宙人でしょう」と正体を言い当てられたほうが、まだショックは少なかったかもしれない。

みずほは受けた衝撃《しょうげき》からなんとか立ち直ると、

「ひょっとして、間雲《まぐも》クンになにか言われたの？」

「そうじゃありません」

打てば響《ひび》くように、楓はクラス担任の推測を否定した。

先日の登校日に、楓と漂介《ひょうすけ》はつき合っているのを宣言するように、おそろいの赤いTシャ

ツを着て学校にきた。もちろん、そんな服装は校則違反なので、みずほはペアルックの楓と漂介を廊下に立たせたのだが、心の底では、互いに好き合っていることを誰《だれ》はばかることなくおおっぴらにしているふたりに、ある種の羨望《せんぼう》を感じてもいた。それはさておき、好きな相手のなにげない一言で、女のコが自分の顔立ちやスタイルについて気に病みだすというのは、おおいに考えられることだ。漂介とのペアルック姿が強く印象に残っていただけに、みずほも楓の相談の内容を聞いて、咄嗟《とっさ》にそう思ったようだ。

「漂介クン、グラマーなひとが好きなんです」

さっき否定したにもかかわらず、楓はみずほの推測を認めるような発言をした。

「でも、それはあくまで好みであって、今、俺《おれ》が好きなのはおまえだから、おまえはそのままでいいって言ってくれるんですけど……」

漂介にそう言われたときのことを思い出したのか、楓は恥ずかしそうに顔を赤らめた。本人にそのつもりはなくても、目の前でこうものろけられては、みずほとしてはリアクションのしようがない。

「そ、そうなの……」

と相槌《あいづち》を打つのが精一杯だ。

「だけど、わたし、漂介クンにわたしのこともっと好きになってほしくて……だから、わたしも先生みたいに胸を大きくしたいんです」

より好きになってもらうため、自分を恋人の好みに合わせたいという気持ちもわからないでもないが、世の中にはできることとできないことがある。いきなり訪ねてこられて、胸を大きくする方法を教えてほしいと頼まれても、困るとしか言いようがない。だいたい、みずほのバストは、なにか特別なことをして大きくしたわけではないのだ。それは、望むと望まざるとにかかわらず、勝手に育ってしまった結果で、むしろ彼女は、自分の胸のふくらみが思った以上に地球人の男性の視線を集めてしまうことに困惑を感じているほどだ。

「け、けど、水澄《みすみ》さんの胸、大きくしなきゃならないほど小さくはないと思うけど」

「ダメです」

楓《かえで》はみずほの言葉をにべもなく却下した。みずほの言う通り、楓のバストのサイズは同年代の少女たちと比べて、決して遜色《そんしょく》があるわけではない。しかし、男子にも負けないほど上背があるだけに、平均的なサイズのふくらみが自分では貧弱に感じられるのだろう。どうやら彼女も、この年頃《としごろ》の少女にありがちな、必要以上に自分の身体《からだ》にコンプレックスをいだいてしまう病にとらわれているようだ。

「こんなんじゃ……こんなんじゃダメなんです。もっと、先生みたいにバイーンで、ぷるるんってしてないと」

バイーンで、ぷるるんって……。

漂介《ひょうすけ》の表現を借りたのだろうが、楓の口から出るとは思わなかった下卑《げび》た言葉に、みずほは目を白黒させる。

「お願いします、先生。どうすれば、先生みたいな巨乳になるんですか？　教えてくださ
い！」

どうすればって言われても……。

知っていれば教えもするが、わからないことは答えようがない。みずほが答えに窮《きゅう》している
と、突然、リビングの出入り口から、

「胸を大きくするには、揉《も》むのがいちばんよ」

ハッとしたみずほと楓が声がしたほうを同時に見ると、いつの間に隣《となり》の部屋から出てきたの
か、敷居《しきい》のところにはつほが立っていた。

「お母さん！」

みずほは声を尖《とが》らせて、

「いやだ、盗み聞きしてたのね」

「失礼ねぇ、そんなことするわけないでしょ」

はつほが、さも心外だという顔をする。

「隣の部屋の壁《かべ》に耳を押し付けてたら、偶然、聞こえただけよ」

「それを盗み聞きって言うの！」

はつほは娘のツッコミを無視すると、楓のそばに腰をおろした。

「水澄《みすみ》さん、だったわね」

「は、はい」

「さっきも言ったように、バストを大きくするには揉《も》むのがいちばんなの。みずほのもね、わたしが毎日揉んであげたから、あんなに大きくなったのよ」

「ほんとですか？」

「ウソよ、ウソ！」

みずほが顔を真っ赤にして否定する。

「お母さん、いいかげんなこと言わないで！」

「まあまあ、照れちゃって」

はつほは娘の抗議を軽くいなすと、楓《かえで》の顔を覗《のぞ》き込むようにして、

「胸を揉むとね、胸腺が刺激されて、そこから女性ホルモンが分泌されるの」

「女性ホルモンですか」

「そう。そして、それがバストの成長を促進させるのよ」

なにかもっともらしいことを言っているが、もちろんでたらめだ。

「男のコのだって、揉むと大きくなるでしょ」

と、はつほが言うと、楓は思い当たることがあるのか、なるほどという顔でうなずいた。

「お母さん！」

みずほは母親に咬《か》み付いてから、楓に向かって、

「水澄さんも、そんなとこで感心しないの！」

自分の言動に対して、娘が角を出すのには慣《な》れているのか、はつほは、そんなものどこ吹く風といった様子で話をつづける。

「特にね、好きなひとに揉んでもらうと精神的に昂揚《こうよう》して脳から多量にエンドルフィンがでるから、それの作用で、より効果があるのよ」

「すッ、好きなひとにですか……」

漂介《ひょうすけ》に揉まれているところを想像したのか、楓が紅潮《こうちょう》した頬《ほお》に左右の手を当てる。今、彼女の頭に水の入ったケトルを載せれば、すぐにも沸騰《ふっとう》して甲高い音を立てそうだ。

「これで、だいたいわかったかしら？」

「はい」

と楓は返事をすると、はつほの顔色を窺《うかが》うような目付きになって、

「あの、それから、もうひとつ訊《き》きたいことがあるんですけど……」

「なにかしら？」

「お、男のコって、やっぱり、口でしてあげたほうがいいんでしょうか？」

思い切って言ってから、ようやく自分がなにを質問したかに気付いたとでもいうふうに、楓が恥ずかしそうな顔をした。もう、これ以上は赤くなるまいと思われた頬に、さらに血の色が

増す。

「雑誌とか読むと、そうゆうことしてあげると、男のコはすごく喜ぶって書いてあるけど……でも、やっぱりちょっと抵抗あって……それに、やり方もよくわからないし」

「そぉねぇー」

はつほは気を持たせるように語尾を長く引きのばしながら、娘の様子を横目で窺《うかが》った。みずほは楓《かえで》の質問に激しいショックを受けたらしく、あんぐりと口を開けている。

く、口でしてあげるって……つまり、その、アレをお口でナニするってこと？

肝心な部分はちゃんと見たことがないのでおぼろに霞《かす》んでいたが、漂介《ひょうすけ》の股間《こかん》に楓が顔をうずめているビジュアルが脳裏に浮かび、みずほは鼻血を噴《ふ》きそうになる。

「みッ、水澄《みすみ》さん！」

みずほは声を一オクターブ跳ね上がらせて、

「あなた、もしかして、もう、間雲《まぐも》クンと……」

楓は顔を伏せたまま、コクリとうなずいた。

ガーン！

みずほの頭の中で、大きな釣り鐘《がね》が打ち鳴らされた。

そんな……そんな……水澄さんが、もうイタシてるなんて……。

もしこれが、なにごとにも積極的な縁川《へりかわ》小石《こいし》のことだったら、こうまでショックは受けなか

ったろう。しかし、なにごとにも万事控えめな楓《かえで》が、上品でおっとりとした彼女が、すでにクラスメイトの手によって処女花を散らせていたとは、驚《おどろ》くのを通り越して呆然《ぼうぜん》としてしまう。自分と桂《けい》は、まだちゃんとしたキスもしていないのに、教え子のふたりが、もうそんなところまで進んでいたとは——。

はつほは娘のほうを意味ありげな目で見ると、

「その話は経験者同士だけでしたほうがいいみたいね」

「え？」

それは、どういうことかと、楓が物問いたげな目を向けてくる。立ち上がったはつほは、身振りで楓を立たせると、

「それじゃあ、水澄《みすみ》さん、隣《となり》へ行きましょうか」

「は、はい」

楓は一度だけみずほのほうを気遣わしげに振り返ったが、はつほに手を取られて、リビングを出る。隣室《りんしつ》の引き戸が開け閉めされる音で、みずほはようやく我に帰った。すぐさま引き戸の前に行き、そこに耳を押し付ける。親が親なら、子も子だ、といったところだろうか。息を詰め、耳をすませると、引き戸越しにふたりの会話が漏れ聞こえてくる。

「まずね、これをナニだとすると、最初は優しくこんなふうに……それから、ここンとこをこうやって……とってもデリケートなところだから乱暴にしちゃダメよ。そして、次は先っぽの

ところをこんなふうにレロレロって……ちょっとやってみて。そう、うまいわぁ……あなた、素質あるわよ。それで、このへんも舌を尖《とが》らせてこうすると……」

「えッ、そんなことまでするんですか？」

「もちろん。ベッドの上に法律はないのよ」

「でも、いきなりそんなのできるかしら……」

「大丈夫、練習すればすぐにできるようになるわ」

つづいて、なにかをしゃぶるような音がする。どうやら、本当に練習しているようだ。

「そうよ、それでいいわ。それから、これは上級者向けのテクだけど、こうゆうのもあるのよ」

なにを見たのか、楓が大きく息を呑《の》む。

なに？　なんなの？　上級者向けのテクって？

音だけなのが、かえってみずほの妄想を掻《か》き立てる。それをさらに煽《あお》るように、ちゅぷちゅぷと、なにかがどこかに出入りしているような粘着音が聞こえてきた。

「あと、これも結構、効くわね。ただし、嫌がるコもいるから、やるときは相手の様子を見ながらね」

お母さんったら、いったいなにを教えてるのよぉ〜。

はつほの講義は、なおもしばらくつづいたが、やがて一段落したらしく、引き戸の向こうでふたりの立ち上がる気配《けはい》がした。引き戸から身を離したみずほが、あわててリビングの座卓のそばに戻る。間一髪のところで、はつほと楓《かえで》が和室の中から出てきた。それをなにかに見立てて実演してみせていたらしく、はつほは唾液《だえき》に濡《ぬ》れた右手の人差し指と中指をティッシュでふきながら、ほんのりと頬《ほお》を上気させた楓に、

「どう？　少しは参考になったかしら」

「はい、とっても」

「また、なにか訊《き》きたいことがあったらいらっしゃいね」

「今日はありがとうございました」

はつほに向かって深々と頭をさげた楓は、リビングのみずほにもお義理のように会釈してからアパートを辞した。彼女の姿がドアの向こうに消えるなり、みずほははつほに怖い顔を向け、

「どうゆうつもりよ？」

「なにがぁ？」

はつほのそらっとぼけた態度が、ますますみずほの怒りを煽《あお》る。

「わたしの生徒に、揉《も》めば胸が大きくなるなんてでたらめ教えて」

「確かに、あれはでたらめだったわね」

と、はつほは素直に認め、

「でも、好きなひとに揉んでもらってれば、大きいとか小さいとか、そんな些細《ささい》なことは、そ

のうちどうでもよくなるわ」

　なるほど、それは確かにそうだ。これで胸が大きくならなくとも、楓がつまらないことで悩まなくなれば、ひとつの解決法であるには違いない。

「つまり、大人《おとな》の知恵ってヤツね」

　大人じゃない誰《だれ》かさんには、こうしたアドバイスは無理でしょう、と言わんばかりの口振りだ。

「でも、その……あんなことまで教えるなんてやりすぎよ」

「あんなこと?」

　はつほはわざとらしく首をかしげてから、

「あら、ヤダ、盗み聞きしてたのね」

　みずほは一瞬《いっしゅん》言葉に詰まったが、そっぽを向いて小さく言った。

「ぐ、偶然、聞こえただけよ」

「へぇー、偶然ねぇー」

　まるで、引き戸に耳を押し付けたみずほの姿を透視してでもいたかのように、はつほは意地悪な笑みを口元に浮かべる。

「とにかく、あんな、その、なんてゆーか、ひ、卑猥《ひわい》なこと教えるなんて、彼女にはまだ早すぎるわ」

「いいじゃない。彼女、もう生殖可能な成熟体なんでしょ。わたしなんか、あれぐらいの頃《ころ》はもう、バンバン……」

「お母さん！　ここは地球なのよ。地球には地球の文化や習慣があって……」

「あら、この星では女子の成人前の性交体験率は四十六パーセントなんでしょ。全体の半分弱がやってるのなら、そんなに奇異なことでもないじゃない」

なんで、そんなことだけ詳しいのよ！

どういうわけか、こうしたことだけぬかりなく調べ上げている母親の手際よさに、みずほは歯嚙《はが》みする。

「みずほ」

はつほは娘が言葉に詰まった隙《すき》に、突然、居住まいを正すと、

「ひとのことはともかく、あなたのほうはどうなってるの？」

「わたし？」

「そう。あなた、桂《けい》クンとまだなんでしょ」

いきなり痛いところを突かれ、みずほはみっともないほどうろたえた。

「そ、そんなのお母さんにはカンケーないでしょ」

「あるわよ。いい年をした娘がお嫁に行った先で、満足に旦那《だんな》さんの相手もしてないなんて、母親として恥ずかしいわ」

はつほは頬《ほお》に片手を当てて、もっともらしく「心配している母親」の顔をする。

「もう結婚したんだから、いつまでも清い仲ってわけにはいかないでしょ」

そんなことは言われなくてもわかっている。結婚して夫婦になった以上、契りを結んで愛を確かめ合うのが自然な姿だ。だが、お互い好き合っていることを感じながらも、ふたりはなぜか、最後の一線を越えられないでいた。

「あなた、桂クンをちゃんとお誘いしてるの？」

「お誘いって、わたしのほうから？」

「当たり前でしょ。桂クンより、あなたのほうが年上なのよ。あなたがリードしてあげるのが当然じゃない」

うつむいたみずほはカーペットに人差し指で「の」の字を書きながら、

「でも、わたしだって、そーゆーのよくわかんないし……」

「ほら、ごらんなさい」

はつほが、そうする必要もないほど前に突き出た胸を、勝ち誇ったように突き出した。

「わたしが教えてあげるって言ったときにちゃんと聞いておかないから、こんなことになるのよ。親の言うことには耳を貸すものよ」

そう言われると、みずほとしては一言もない。黙《だま》り込んでしまった娘を前にして、はつほが小さくため息をつく。

「しょうがないわね。今からやり方をレクチャーしてあげるから、まじめに聞くのよ」

みずほが素直にうなずくと、はつほはソファの上に置いてあった円筒型のクッションを手に取った。それは、ちょうど子供の胴体ぐらいの大きさで、桂《けい》がソファに寝そべってテレビを観るときに、よく枕《まくら》に使っているものだ。はつほはクッションを床に置くと、四つん這《ば》いになって、それに覆《おお》いかぶさる姿勢になった。身体《からだ》の下になったクッションを指さして、

「いい？　これを桂クンとするわね」

みずほが神妙な顔でうなずいた。

「まずは互いに見つめ合うの。目に『わたしを、あなたのモノにして』って想いを込めるのよ。好き合ってる同士なら、大抵はそれで通じるはずよ」

それは、ときどきしてることなんだけど……と、みずほは思ったが、話の腰を折るのをおそれて口は挟まないでおく。

「最初のキスは優しく」

と言って、はつほは四つん這いになったまま頭をさげて、なにもないところに口付けをするふりをした。

「二度目は、もっと深く」

一旦《いったん》あげた頭をもう一度さげると、今度は、ぽってりとした唇のあいだから淡いピンクの舌をのばす。それは、存在しない桂の舌をからめとろうとするかのように、うにうにと蠢《うごめ》いた。

軟体動物みたいな舌の動きはたまらなく淫靡《いんび》で、見ているだけでみずほは頬《ほお》が熱くなってくる。

濃厚《のうこう》なキスのあと、はつほは身体を自分の爪先《つまさき》のほうへとずらし、クッションが人間の胴体だとすれば、ちょうど股間《こかん》にあたるところを真上から覗《のぞ》き込む位置にきた。

「ふふ……キスだけでこんなにしちゃうなんて、感じやすいのね」

はつほには、クッションのその部分がもっこりと盛り上がっているように見えるのか、そこを愛《いと》しげになでながら、

「もう、パンパン……早くお外に出たいのね」

クッションの上で淫《みだ》らに蠢く母親の手指を、みずほは息を詰めて見つめている。

「今、楽にしてあげるわ」

と言うと、はつほはありもしないズボンのチャックをおろし、硬直して扱いづらいなにかを取り出すふりをした。その中には、ちゃんとブリーフの前開きを左右に開く動作も含まれていて、なかなか芸が細かい。

「まあ、すごぉい……」

本人以外には見えないなにかの元気の良さに目を細めると、はつほはうっとりとした表情で、

「やっぱり、若いっていいわねぇ」

それの硬度を確かめるように、はつほは二、三度頬ずりするような仕草《しぐさ》を見せた。それから、ひょいと顔を上げ、

「え、なあに？　ここを、どうしてほしいの？」

どうやら、架空の桂《けい》から声を掛けられたという設定らしい。

「ダメよ、ちゃんと言ってくんなきゃわかんないわ……そう、もっとはっきり大きな声で……まあ、そんなことしてほしいだなんて、エッチねぇ……でもね、そぉゆうエッチなことって、わたし、嫌いじゃないの」

そうやって、ひとしきり一人芝居をつづけると、はつほはちろりと覗《のぞ》かせた舌先で下唇を舐《な》めてから、

「いいわ、あなたの、お口でかわいがってあ・げ・る」

まずは舌先で輪郭をなぞるように。つづいて、溶けかけたアイスキャンデーを舐めるみたいに、のばした舌を下から上へ。先っぽのほうをチロチロとくすぐったかと思うと、唇をO字型にし、それを透明なシャフトに沿って上下させる。音楽に合わせて、ありもしないギターを掻《か》き鳴らすことをエア・ギターというが、それに倣《なら》えば、これはエア・オーラルと言ったところだろうか。客観的に見れば、クッションの上で頭を上下させているだけなのだが、落語の名人が扇子一本で本当に蕎麦《そば》を食べているように演じてみせるのと同じように、意味ありげなはつほの動作が、みずほの目にある光景を浮かび上がらせる。それは、とても正視できるものではなかったが、さりとて目をそらせることもできなくて、みずほは頬《ほお》を赤らめつつも、母親の《艶技《えんぎ》》に見入っていた。

ヤダ、お母さんたらあんなことまで……。

はつほの頭部が緩急《かんきゅう》をつけて上下するのを見ていると、みずほは腿《もも》の付け根がむずむずして、ひどく落ち着かない気持ちになる。そんな娘の目を意識しているのか、はつほのヴァーチャル・ラブシーンはますます過激になっていくようだ。

「わたしにばっかりやらせてずるいわ。ね、桂クンも、わたしのを……」

はつほは自分の頭を中心に、身体《からだ》の向きを一八〇度回転させると、存在しない桂の顔を跨《また》ぐ格好になる。少し腰を落とし気味にすると、鼻に掛かった声で、

「あぁン、上手よ。そう……その調子。あッ、そこ……そこを、もっと強く吸って」

はつほはしばらくのあいだ、たっぷりとしたふくらみを揺らしながら身悶《みもだ》えしていたが、再び身体の向きを変えた。上体を起こしてクッションの端に跨ると、桂の顔があると仮定しているあたりに熱っぽい眼差《まなざ》しを向け、ゆっくりと腰をおろそうとする。

「それじゃあ、入れるわね」

「だめエ――ッ！」

突然、みずほは絶叫すると、母親を突き飛ばし、その下に組み敷《し》かれていたクッションを奪い取った。クッションをしっかりと抱き締《し》めると、あっけにとられた顔で床に転がっているはつほをキッと睨《にら》んで、

「桂クンは……桂クンは、わたしのなんだから……」

「やぁねぇ、なにマジになってるの」

はつほはのろのろと身を起こすと、必死の形相でクッションを抱き締《し》めている娘をあきれた顔で見た。

「だって……だって、お母さんが……」

みずほは取り乱したあまり、目に涙まで浮かべている。はつほは彼女の手からクッションを取り上げると、それをカーペットの上に横たえて、

「さあ、さっきわたしがしたみたいにやってみて」

「無理よ！　わたし、お母さんじゃないんだから、あんなはしたないことできないわ」

「なによ。そんなふうに言われたら、まるで、わたしがはしたないことが大好きな女みたいに聞こえるじゃない」

「………」

口にこそ出さないが、「違うの？」と言いたげな娘の視線を受けて、はつほはわざとらしく咳払《せきばら》いをした。我が身を省みて、さすがに「違うわよ」とは言えなかったらしい。

「ま、それはさておき、そうなると、もう、向こうから押し倒してもらうしかないわね」

「向こうからって、桂《けい》クンがってこと？」

みずほが訊《き》くまでもないことを問うと、はつほは「当たり前でしょ」という顔でうなずいた。

だが、ハナッからそうしてもらえるなら世話はない。桂が今ひとつ積極的でないからこそ、こ

うやって悩んでいるのだ。

「いいこと、桂クンがあなたを押し倒さないのは、あなたに女としての魅力《みりょく》が足りないからよ」

ひょっとしてそうなのではないかと危惧《きぐ》していたことをズバリと言われ、みずほは顔を引きつらせた。

「や、や、やっぱり、そうなの、お母さん？」

「わたしの娘なんだから、素材は悪くないわ。でも、そんな色気のない格好してちゃ、押し倒してもらえるものも押し倒してもらえないわよ。もっと、一目見ただけで飛びつきたくなるような服にしなきゃ」

「そうすれば、桂クンのほうから押し倒してくれるかしら」

「もちろん」

どうも、この宇宙人たちは、地球の男のことをよほど単純な生き物だと考えているようだ。

「それには、どんな格好すればいいの？」

「看護婦、メイド、裸エプロン、ブルマ、セーラー服、スクール水着、女王様にゴスロリと選択肢はいろいろあるけど、これは相手の好みに合わせないとね」

桂クンの好み……。

あらためて問われて、みずほは、はたと困ってしまった。年若い自分の夫は、どんなものが好きなのだろう。

「桂《けい》クン、どんなのが好きそう？　だいたいのイメージでもいいから、なにかあるでしょ？」

そんなこともわからないんじゃ、妻失格よ……と、言わんばかりに、はつほが答えをせかす。

好み……好きなもの……桂クンの大好きなものってなにかしら？

考えあぐねたみずほの脳裏に、ふと、拾ってきた仔猫《こ》と戯《たわむ》れる桂の姿が浮かんだ。仔猫を抱き上げ、頬《ほお》ずりするときの桂の顔は、それまで見せたことのない、喜びに満ちたものだった。

「猫……とか好きかも」

「あら、意外とマニアックね」

はつほは軽く驚《おどろ》いた顔をしてから、

「まぁ、定番のひとつではあるけど」

定番って、いったいなんの？

まだまだ地球には、みずほの知らないことがあるようだ。

「そうだ、いいものがあるわ」

なにを思いついたのか、はつほはそう言って立ち上がると、隣《となり》の和室に行って、そこにまとめてあった自分の荷物の中から紙袋をひとつ持ってきた。

「地球のお土産《みやげ》にと思って買ったんだけど……」

と言って彼女が取り出したのは、プラスチックのカチューシャに作り物のネコミミが付いたものだった。どこで買ったのか、紙袋の中には、他《ほか》にも妖《あや》しげなものがいっぱい入っているらしく、なにげなく中を覗《のぞ》いたみずほの顔が赤くなる。そんな娘の様子には頓着《とんちゃく》せずに、はつほは手にしたネコミミカチューシャを差し出して、

「はい、これ」

初めて見る地球特有の装身具にみずほは首をかしげた。

「実はしっぽもあるんだけど、いきなりそこまでやると相手がひくかもしれないから、まずはコレね」

「それ、どうするの？」

「頭につけるに決まってるでしょ」

はつほは見本を見せるように、ネコミミカチューシャを頭に装着すると、膝《ひざ》を崩して横座りになった。軽く握ったこぶしを招き猫のようにかまえると、それで「おいで、おいで」をする。

「ご主人様ぁ～……ご主人様のカタイので、はつほの悪戯《いたずら》な仔猫ちゃんをお仕置きしてほしいにゃん」

甘ったるい声でそう言うはつほの目には、まさにエサをねだる猫のように、したたるほどの媚《こ》びが含まれていた。

「……ってやれば、猫好きなオトコなら、これでイチコロよ。すぐさま、その場で押し倒してもらえるわ」

「そ、その場で？」

身を乗り出したみずほが、思わず生唾《なまつば》を呑《の》む。

「ええ」

と、はつほはうなずくと、頭からはずしたネコミミカチューシャを娘に手渡した。

「さ、これをつけて、わたしがやったみたいにしてごらんなさい」

受け取ったネコミミカチューシャをしげしげと見ながら、みずほは先程の母親の姿を思い出した。はつほは同じようにやれと言うが、ある意味、その前に彼女が演じてみせたヴァーチャル・ラブシーンを真似《まね》るのより、さらにハードルが高くなったような気がする。

「どうしたの？　できないの？」

はつほは煮え切らない娘の態度が歯がゆいのか、きつい口調で、

「そんなことじゃ、いつまでたっても桂《けい》クンの本当の妻にはなれないわよ」

本当の妻になれない――その言葉が、ためらっていたみずほの心を動かした。手にしたネコミミカチューシャを、思い切って頭に付ける。

「やっぱり、わたしの娘ねぇ……よく似合うわぁ」

はつほが娘のネコミミ姿に目を細めたとき、玄関のドアが開く音がした。つづいて、「ただいまー」と聞きなれた声がする。友達の家で夏休みの宿題をすると言って出掛けた桂が戻ってきたのだ。

「ほら、早速、チャンスがきたわよ」

「え？」

「うまくやるのよ」

「で、でも、まだ心の準備が……」

「みるる！」

はつほは、まりえと同タイプの自律型生体インターフェイスの名を呼び、素早く指示を出す。

「空間転移よ」

「お母さん、待って！」

うろたえる娘をひとり残し、光に包まれたはつほの姿が消える。それと入れ違いにリビングに入ってきた桂は、みずほの姿を一目見るなり、ギョッとして足を止めた。

無言で見つめ合うふたり——。

頭の中が真っ白になったみずほは、顔を引きつらせつつも招き猫のポーズをして、

「お……おかえりにゃん」

桂の顔に、なんとも言えない表情が浮かんだ。ふたりのあいだに重い空気が立ちこめる。桂は自分の感情の色合いを決めかねているような顔で、

「どしたの、先生？」

それで呪縛《じゅばく》が解けたのか、みずほは爆発《ばくはつ》的にこみ上げてきた恥ずかしさで耳まで——もちろ

ん、頭の上でなく、顔の左右に付いているほう——真っ赤になると、立ち上がって部屋を飛び出した。バタバタと廊下を走る音が遠ざかるのを聞きながら、桂《けい》はその場に呆然《ぼうぜん》と立ち尽くす。

「桂クン」

突然、背後から声を掛けられて、桂はギクリとして振り向いた。いつの間に空間転移してきたのか、はつほが腕組みをして立っている。

「ダメじゃないの。女に恥をかかせて」

と言うところをみると、さっきの一幕をどこかでモニターしていたらしい。

「女がネコミミをつけて出迎えれば、その場で押し倒すのが宇宙の常識よ」

さすが、無限に広がっているだけあって、宇宙には地球とは異なる常識がまかり通っているようだ。

「はぁ」

桂が要領を得ない顔で相槌《あいづち》を打つと、はつほは聞こえよがしにため息をつき、

「まったく、先が思いやられるわ」

「すみません」

なにを怒られているのか良くわからないが、はつほが相手だと位負けして、つい、謝《あやま》ってしまう。

「桂クン、ちょっとそこに座って」

と、はつほに言われ、桂《けい》はアパートを飛び出していったみずほの行方を気にしつつもリビングの床に腰をおろした。はつほは彼のそばに膝《ひざ》をそろえて座ると、いつになく真剣な顔で、

「これはあなたの妻の母親として訊《き》くんだけど、あなた、どうしてみずほとヤらないの？」

「どうしてって……」

単刀直入すぎる質問に面食らう桂。はつほは畳みかけるように、

「どこか気に入らないところがあるの？　顔？　スタイル？　態度？　それとも、なにか宗教的な理由？　あ、ひょっとして毛が生えてるとダメとか？」


「そんなことはないですけど……」

「じゃ、どうしてヤッちゃわないの」

こうあからさまに訊かれると、桂としては赤面せざるをえない。

「いや、その、俺《おれ》、どうやったらいいか、良くわかんなくて……」

「あらン、それならそうと早く言ってくれればいいのに」

はつほは手のひらを返したように表情を和らげると、

「やり方、わたしがレクチャーしてあげるわ」

「ええッ！」

はつほはTシャツを着た桂の身体《からだ》にしなだれかかると、白い手をジーパンのベルトにのばす。

二の腕あたりに押し付けられた、重たげに垂れたふくらみの頼りないほどの柔らかさにどぎま

ぎしながら、桂はベルトをはずそうとする手を押さえ、

「いや、でも、それってマズイんじゃ……」

「遠慮《えんりょ》することないわ。わたしたち、親子なんだから」

「だから、マズイんじゃないですか」

「いいじゃない、親子っていっても義理なんだし。結婚相手の親と仲良くするのは、結婚生活を円満にする秘訣よ」

「『仲良く』の意味が違いますって」

「心配しなくても大丈夫。わたし、今日は安全な日なの」

「なにを言ってるんですか！」

はつほと桂がクーラーの効いたリビングで嚙《か》み合わないやり取りをしている頃《ころ》、素足にサンダルをはいたみずほは、炎天下の道をアパートに向かってとぼとぼ引き返していた。部屋を飛び出したあと、前の通りを、ただもう闇雲《やみくも》に走って、息が切れて足を止めたときにはずいぶん遠くまできていた。

まったく、なにをやってるんだろう……。

灼《や》けたアスファルトを踏みながら、恥ずかしさと情けなさでちょっぴり泣いてしまった。どこまで本気かわからない母親の言葉にのせられてあんなことをしたうえに、いきなり部屋を飛び出すなんて、みっともなくて桂に合わせる顔がない。戻ったらなんて言おう。驚《おどろ》かせてごめ

んなさい、と謝《あやま》ったほうがいいかしら。

頭からはずしたネコミミカチューシャを片手に、しゅんしゅんとハナをすすりながら戻ってきたみずほはアパートのドアをそっと開けた。リビングのほうから、はつほと桂《けい》の声がする。

悄然《しょうぜん》とした足取りでダイニングまできて、そことつづきになったリビングの様子を一目見た途端《とたん》、みずほの手からネコミミカチューシャが落ちた。その音で振り向いた桂が、彼女の姿に目を瞠《みは》る。

「せ、先生！」

桂はなかば床に押し倒された格好で、熟れた肢体をすり付けながら執拗《しつよう》にレクチャーを迫るはつほの魔手《ましゅ》から、なんとか逃れようとしていた。しかし、みずほの目には、そうは見えなかったようだ。カーペットの上で身体《からだ》を重ねたふたりの姿に、はつほがクッションを相手に演じてみせた情景がオーバーラップする。

そんな……わたしのいない隙《すき》に桂クンとお母さんが……。

冷静に考えれば、いくら思い込みの激しいみずほでも、自分の想定した状況のおかしさに気付いたはずだ。だが、今の彼女は、とても冷静にものを考えられる状態ではなかった。目を背けたくなるような禁断の想像図が、頭の中をグルグルと駆けめぐる。

なにか言おうとして桂が口を開きかけたとき、みずほはそれに背を向けると、再び玄関のドアを目指して走り出していた。

「あ、待って！」

はつほの身体を押しのけて、桂がみずほのあとを追う。アパートの階段を転がるように駆けおりたみずほは、戻ってきたばかりの道を脇目《わきめ》もふらずに走った。スニーカーの踵《かかと》を踏んだまま走る桂に追いつかれそうになると、脇の雑木林の中へと駆け込む。だが、それが裏目に出て、木の根に足を取られてよろめいたところを、背後に迫った桂に右腕をつかまれた。

「イヤッ、イヤッ、離して」

桂の手を振りほどこうとするみずほ。桂はみずほの左手首をもう一方の手でつかむと、そばの太い木の幹に彼女の背中を押し付けた。ハアハアと息を弾ませながら、

「どうしたの、先生？」

「不潔《ふけつ》だわ、桂クン。わたしのいないあいだに、お母さんとあんなこと……」

「なに言ってんですか。誤解です！」

「でも、エッチなことしてたじゃないの」

「してませんって」

「してたわ、してたわ、してたのよ！」

どうやら、混乱したみずほの頭の中では、実際に見たものと、はつほの一人芝居によって脳裏に焼き付けられたものとがごっちゃになっているようだ。目に涙を浮かべると、

「ひどいわ。わたしにはなにもしてくれないクセに、お母さんとはあんなこと……」

不意にみずほの左右の手首をつかんだ桂《けい》の手に、ギュッと力が込められた。

「先生は……先生は、俺《おれ》としたいんですか？」

「え……」

虚を突かれて、みずほはきょとんとした顔になる。

「どうなんですか？」

「それは、その……」

「俺は、先生としたいです」

きっぱりと言い切った桂の顔が、ドキリとするほど間近にある。ふたりとも黙《だま》ってしまうと、降るような蟬《せみ》の声がひときわ大きくなったように思えた。桂の息遣いが荒いのは、ここまで走ってきたせいばかりではないようだ。

「わたしも、桂クンと……したい」

みずほがあえぐように言うと、痛いほど強く手首をつかんでいた桂の指が開かれた。両腕が身体《からだ》の脇《わき》に、だらりと垂れる。そうしなければ、みずほの身体が搔《か》き消えてしまうとでもいうかのように、桂が彼女を正面から抱き寄せた。唐突な抱擁《ほうよう》に、みずほが目をいっぱいに見開く。汗を搔いているせいか、少年の体臭がいつになく男臭く感じられた。背中にまわされた桂の左手が緊張《きんちょう》したみずほの身体をしっかりと引き寄せ、もう一方の手が魅力《みりょく》的なまるみを帯びたヒップにのびる。

え？　まさか、桂クン……。

照りつける太陽を嫌ってか、自分たちを除いて、あたりにひとの姿はない。通りからは木の幹が邪魔《じゃま》になって、その気になって覗《のぞ》き込まなければ、奥でなにをしているかはわからないだろう。もっとも、そうは言っても、ここが野外であることに変わりはない。みずほには、こんなところで行為に及ぼうとすることは、ひどく大胆に思われた。

このまま……このまま、ここでしちゃうのかしら？

もし、そうだとするなら、服はどこまで脱ぐのだろうか。いくらなんでも、全部脱いでしまうわけにはいかないだろう。だとしたら、下だけ？　それに、外だとどんな格好でするのかしら？　布団の上でのように、横たわって身体を重ねるわけにはいかないのはわかる。だが、それなら他《ほか》にどんな選択肢があるのかと問われると、てんで見当が付かない。こんなことなら、ちゃんとお母さんに訊《き》いておけば良かった。あと、下着。こうなるのがわかっていれば、新しいのに替えといたのに……。

下腹に押し当てられた桂の股間《こかん》のたかまりが、みずほのとりとめのない思考を中断させた。

や、ヤダ……これって、桂クンの――。

思い浮かべるのも恥ずかしい単語が、頭の中のスクリーンに大写しになる。桂のそれは、ジーンズの固い布地を突き破らんばかりに力強く隆起していた。

男のひとのって、こんなふうになっちゃうんだ。

人体の神秘に、みずほは驚《おどろ》きを隠せない。本能のなせるわざか、彼女は無意識のうちに、ぐいぐい食い込んでくるそれを、熱くほてった部位で押し返す。すると、突然、ヒップをなでまわしていた桂《けい》の手に力がこもり、まるみに指が立てられた。

「はぅッ！」

桂が短いうめきを上げて、ガクガクと身体《からだ》を痙攣《けいれん》させる。どうやら、みずほの加えた圧迫が、童貞少年の脆《もろ》いこわばりを暴発させてしまったようだ。しかし、そうとは知らないみずほは、意図せぬ放出の快感に身を震《ふる》わせる桂に抱き付かれたまま、目をまるくしている。

え？　なに？　なにが起こったの？

身裡《みうち》で吹き荒れていた嵐が過ぎ去ると、桂の全身がそれまでの反動のように弛緩《しかん》した。強烈な快美感が、冷えびえとした虚脱感に取って代わられる。

出ちゃった……。

心の中で事実を確認すると同時に、桂は男にしかわからない敗北感に打ちのめされて、崩れるようにその場に膝《ひざ》をついた。ブリーフの中にぶちまけられた生暖かい粘液が、ぬるぬるして気持ち悪い。

「あ、あの、桂クン……」

みずほがおずおずと声を掛けると、桂は弾《はじ》かれたように立ち上がった。すぐに背を向けたので、ちらりとしか見えなかったが、その目には涙がにじんでいたようだ。それ以上、声を掛けられるのを恐れるように、脱兎《だつと》のごとく走りだす。

「あッ、ちょっと……」

みずほはなにが起きたのかわからないまま、木立の中を遠ざかる桂のうしろ姿を呆然《ぼうぜん》と見送った。

エピローグ～加速するふたり～

「えッ、それじゃあ、桂《けい》クン、あのとき……」

意外な事実を打ち明けられて、みずほは驚《おどろ》きで目をまるくした。薄闇《うすやみ》の中、彼女と同じ布団に身を横たえていた桂が、気まずそうな表情を浮かべる。みずほは夏休み中のある日、アパートから少し離れた木立の中で抱き合ったときに起きた、桂の分身の《暴発事故》を思い出しながら、

「けど、男のひとって、あんなに簡単に出ちゃうものなの？」

「まあ、それは場合によりけりで、いつもそうだってわけじゃ……」

「そうよね。さっきは、そんなにすぐでもなかったし」

どうも、寝物語にふたりが出会ってからのことを思い出しているうちに、よけいなことまでしゃべってしまったようだ。桂は不肖の息子の失態から話をそらせようと、

「いや、でも、ほんと、色んなことがあったよね」

「そうねぇ……」

頭の中で思い出の走馬燈《そうまとう》をまわしているのか、みずほは遠くを見る目付きになった。それにつられたように、桂の脳裏にも、さまざまな出来事が矢継ぎ早に映し出される。

叔父《おじ》夫婦の勧めで、このアパートで純白のウエディングドレスを着たみずほと結婚式の真似《まね》事《ごと》をしたこと。そこにクラスメイトの漂《ひょう》介《すけ》たちが訪ねてきて、桂は身を隠すのに大わらわだったこと。試験休みに、新婚旅行がわりにふたりで海に行ったこと。そこでも、小石《こいし》や苺《いちご》たちと偶然鉢合わせして、せっかくのハネムーン気分が台無しになってしまったこと。はつほと一緒にやってきたみずほの妹のまほに、ふたりの結婚を反対されて一騒動《そうどう》あったこと。みずほとふたりで、恋人として付き合っていくことになかなか踏ん切りがつけられない漂介と、楓《かえで》の仲を取り持ったこともあった。他《ほか》にも、つまらないことで喧嘩《けんか》したり、地球人と結婚したのでは決して味わえないひどい目に遭わされたこともあったが、そうした出来事もいつかは、いい思い出として振り返れる日がくるだろう。

だが、その一方で、これからどれほど時を経ようとも風化することなく、いつまでも苦い記《き》憶《おく》を呼び覚ます棘《とげ》として心のどこかに刺さりつづけるような出来事もあった。それも、今から、ほんの数時間前に――。

小石から電話が掛かってきたのは、いつもより少し遅くなった夕食をすましたときだった。話があるから、最寄りの駅の待合室まできてほしいという。夏休みは昨日で終わり、今日からは二学期がはじまっていた。もっとも、太陽はそうしたことには無頓着《むとんちゃく》で、夏休みの頃《ころ》と変わることなく、いつまでも顔を出しつづけていたが、桂《けい》がアパートを出たときには、それもさすがに沈み、夜空には星が瞬《また》いていた。

無人駅のプラットホームの手前に設けられた木造の待合室は、正面から見ると、山小屋かなにかかと思うような造りをしている。使われている木材は完全に乾ききっていて、反りやひび割れが目立つ。きっと、火をつけられたらひとたまりもないだろう。がらんとした室内には木製のベンチがあるだけで、それを天井の蛍光灯が無機質な光で照らしている。その佇《たたず》まいは、ここまで歩いてくるだけでうっすらと汗ばむほどの陽気なのに、なぜか寒々として見えた。開けっ放しの引き戸をくぐって中に入ると、うつむいてベンチに腰掛けていた小石が、ひとの気《け》配《はい》に気付いて顔を上げる。ぎこちなく笑った彼女に促され、桂はその隣《となり》に腰をおろした。それからそこで起きたのは、思い出すのもつらいことだった。

「好き」

互いの心の中を探るような弾まない会話を交わしたあと、小石は突然、座ったままの桂に抱き付いて、そう言った。そして、「あたし、どうしていいかわかんないから、桂クンの好きにしていいよ」とも——。

思い切って胸の裡《うち》を吐き出した小石の肩に、桂はそっと手を掛けた。そして、かわいそうなくらい緊張《きんちょう》している彼女の身体《からだ》を、自分から引き剝《は》がす。

これが、桂の答えだった。

桂は小石《こいし》に、理由があって誰《だれ》かは言えないが、自分には他《ほか》に好きなひとがあることを告げ、これまで曖昧《あいまい》な態度をとってきたことを詫《わ》びた。小石がそれを、「もういいから」と言って遮る。話は、もう終わったのだ。桂が小石と別れたとき、彼女は笑っていた。とても悲しそうに……。

自分が誰かを好きになることで、他の誰かが傷付いている。それは、ひどくつらいことだ。もし、そこから逃げ出せるなら逃げ出したい。自分ひとりの胸に納めておくことができなくて、小石との一件をうちあけた桂に、みずほはこう言った。「誰かを気遣って、自分の気持ちに嘘《うそ》を付くの？」と。

そうだ、自分の気持ちに嘘は付けない。自分はみずほが好きだ。いつまでも一緒にいたい。決して、離ればなれになりたくない——桂は、そう思った。そして、みずほも同じ思いであることを聞かされたとき、少年は、今夜こそ、彼女とひとつになろうと決意した。

今になって、はっきりわかったことがある。自分が小石の想いに気付いていながら、それに対して明確な答えを返さなかったのは、相手を思いやる気持ちがあったからではない。自分に向けられた想いを拒否することで、彼女が傷付くという事実を引き受けたくなかっただけなのだ。みずほとのことも、それと同じだ。一線を越えてしまったら、取り返しのつかないことになるのではないかというおそれが、これまでずっと桂をためらわせていた。

ひとつを選べば、他のいくつかを捨てることになる。もちろん、なにも選ばなければ、なにも捨てることはない。だがそれは、駄菓子屋の軒先で小銭を握り締《し》めて、ずっと立っているようなものだ。品物を手にとって代価を払わないうちは、どれでも手に入れられる可能性がある。しかし、それではなにも口に入れることはできない。

思い返せば、みずほとの婚姻届に判をついたのは、ほとんど弾みだった。でも、そうしたことで彼女との暮らしがはじまり、今の結果があるのだ。もし、あのとき、迷うばかりで判子《はんこ》を押さなかったら、こんなふうに誰《だれ》かを本当に好きになることはなかっただろう。そして、そのために誰かを深く傷付けてしまうこともなかったかもしれない。

別れ際の小石《こいし》の笑顔を思い浮かべると胸が痛む。彼女に気持ちをうちあけられたとき、もちろん、それを受け入れることはできないにしても、もっと曖昧《あいまい》な返事をすることはできたはずだ。だが、あのとき、小石は選んだのだ。いつまでも気持ちをはっきりさせないで、仲の良いクラスメイトでいるよりは、どんな答えが返ってくるにしろ、好きな相手に想いをぶつけることを。その先になにがあるかはわからないが、それでも前に進もうとしたのだ。だから、自分はそれに答える義務がある。桂はそう思った。小石がひとつの道を選んだのなら、自分もそうするべきだ。もう、逃げることは許されない、と。

結果として、桂《けい》の選んだ道は小石が選んだのと同じ方向を向いてはいなかった。そのことで生じた小石の胸の痛みが、どれほどのものなのかはわからない。だが、彼女が傷付いたことは確かだ。これからも前に進みつづけるかぎり、こんなふうに誰かに傷を負わせることもあれば、逆に自分が傷を負うこともあるだろう。そして、なにかを手に入れるたびに、他《ほか》のなにかを失うだろう。そう思うと、足がすくみそうになる。以前の桂なら、そこで《停滞《とまっ》》してしまったかもしれない。だが、今はみずほがそばにいてくれる。ふたりで一緒に前に進んでくれる。

自分とともに歩む道を選んでくれたみずほのためにも、桂は、もう立ち止まらないと心に決めた。そして、前に進むことでなにが起きても、決して後悔しない。いや、後悔することはあるかもしれないが、自分が引き起こしたことの結果からは絶対に逃げない。桂は、そう固く心に誓った。今なら、自信を持ってこう言える。

一緒に前に進むこと。それが、ふたりの最優先事項――。

「先生。いい、よね？」

桂がかすれた声で問うと、みずほは布団の上で仰向《あおむ》けになったままうなずいた。カーテンの隙間《すきま》から射《さ》し込む月明かりだけを頼りに、桂は自分を見上げるみずほの顔に唇を近付ける。桂の顔が視界いっぱいにひろがると、すべてを委《ゆだ》ねる意思の表れか、みずほの両目が閉じられた。そして、なにかを待ち受けるように、心持ち顎《あご》が持ち上げられる。ルージュを塗っていなくても充分に艶《なま》めかしい唇に、桂の唇が重なった。食前酒のように軽いキス。部屋の中が暗いせいか、湯上がりのみずほの髪から漂うシャンプーの匂《にお》いが、いつもより強く感じられる。

唇が離れると、ふたりは薄闇《うすやみ》を通して見つめ合った。

桂《けい》が考えをまとめるより早く、薄《うす》い夏布団の中からのびたみずほの腕が、少年の頭を引き寄せる。

次、どうしよう？

え？

二度目のキスは、一度目のよりはるかに情熱的なものだった。はつほのレクチャーが頭に残っていたのか、みずほの舌が桂の歯列を押し割って侵入してくる。思わぬ事態に、最初はとまどっていた桂だが、いつしか、口中を探るみずほの舌の動きに応《こた》えて、自分の舌をそれにからませた。重なり合ったふたりの唇の、あるとも思えぬ隙間《すきま》から、粘っこい音が漏れてくる。互いに初めてのディープキスは、両者が息苦しくなるまでつづいた。ようやく離れた唇と唇のあいだに唾液《だえき》の糸が引かれ、それが、わずかな月の光を反射して銀色にきらめく。たっぷりと交換した相手の唾液に酔ったのか、ふたりの目元はほんのりピンクに染まっていた。

意外にこってりとしたオードブルの次は肉料理だと、桂がみずほの胸に手をのばす。しかし、それが、キャミソールの胸元を持ち上げる豊かなふくらみに触れようとした瞬間《しゅんかん》、

「ちょっと待って」

みずほは、ここで「待った」はないよと言いたげな顔の桂に、

「寝間着、脱ぐから……」

「あ、うん」

桂は、一旦《いったん》布団から出ると、みずほに背を向けて畳の上に正座した。背後から、微《かす》かな衣擦《きぬず》れの音が聞こえる。それが、一段落ついたところを見計らい、

「もう、いいですか？」

「ダメ。桂クンも脱いで。わたしだけ裸じゃ、不公平よ」

「そ……そうですね。それじゃあ、俺《おれ》も……」

先生、今、裸なんだ……。

そうした事実に胸を高鳴らせつつ、桂はパジャマを脱いだ。つづいてブリーフをおろすと、それを待ちかねていたように、股間《こかん》の分身が飛び出してくる。その部位は異常なまでにはりきっていて、ちょっとでも目を離すと、ロケットのようにどこかへ飛んでいってしまいそうだ。

うわ……。

この前みたいに、はりきりすぎてフライングはナシだぞ、と言い聞かせてから振り向くと、みずほはすでに裸身を夏布団の下にすべり込ませていた。桂も四つん這《ば》いになって寝床にもぐり込み、緊張《きんちょう》した様子の彼女に覆《おお》いかぶさる。

「あン」

震《ふる》えそうになる手で揺れやすいふくらみをつかむと、みずほが小さく声を上げた。興奮《こうふん》のあまり、手に力が入りすぎたようだ。

「そんな乱暴にしないで。もっと優しくして」

「ご……ゴメン」

と桂《けい》は謝《あやま》ってから、今度は滑稽《こっけい》なくらい慎重な手付きで、そこへのアプローチを再開させた。

手のひらに吸い付くようなしっとりとした肌触り。とろけるように柔らかなのに、指を食い込ませると強い弾力で押し返してくる。ローションを満たしたゴム風船と子供のほっぺたとの中間ぐらいの感触で、いくら揉《も》んでも飽きることがない。調子に乗った桂は谷間に顔をうずめてスリスリしたり、硬く尖《とが》ってきた小生意気な突起を吸ったりと、物心ついたときからずっと興《きょう》味《み》をいだきつづけてきた異性の象徴を心ゆくまで堪能する。

「ね、桂クン。そこだけじゃなくて、下のほうも……」

自分でももてあますサイズのふくらみを散々おもちゃにされて、息をあえがせたみずほが言うと、桂は胸の谷間から顔を上げ、

「え、下?」

訊《き》いてから、すぐにそれがどこを指すかに気付き、コクッと生唾《なまつば》を呑《の》む。

そうだ。バストへの興味を満足させるのに没頭して、肝心なところを探検するのを忘れていた。桂は布団の中にもぐらせた手を、みずほの足の付け根へと這《は》わす。しかし、指先が柔らかな茂みに触れた瞬間《しゅんかん》、侵入者を拒むように太腿《ふともも》が堅く閉じられた。

「先生、足閉じちゃダメだよ」

「ごめんなさい」

反射的にしてしまったことらしく、みずほは覚悟を決めたように目を閉じると、それとは反対に腿《もも》から力を抜いて股《また》を開く。それにいざなわれるように、桂はそこに手をのばすと、薄闇《うすやみ》を透かして、みずほの反応を窺《うかが》いながら、おそるおそる指を動かした。上のほうには、ああもしよう、こうもしようと常に想像を巡らせていたので、積極的にアプローチすることができたが、下のほうは形状すらよく知らないせいか、どうしていいかわからない。そもそも、チェリーボーイの桂にしてみれば、口と耳と鼻の穴以外に指の入る場所があるというだけで驚《おどろ》きだ。奥深い女体の神秘にとまどいつつも、慣《な》れない手付きで指を動かしていると、みずほの口から甘いうめきが漏れてきた。

「け、桂クン……」

「なに？」

「もう……もう、そろそろいいと思うんだけど」

みずほが自分のほうから挿入を促すようなことを言ったのは、これ以上、指でいじられつづけたら、恥ずかしいほど乱れてしまいそうになっていたからだ。しかし、これはあくまで意識の表層でのことで、本当は、よりストレートに合体への欲求が高まったゆえなのかもしれない。

いよいよだ。まさに、これからが《本番》だ。そう思うと、桂は、いやがうえにも緊張《きんちょう》してきた。分身のほうは、さらに緊張の度合いが高いのか、完全に硬直状態だ。

桂はみずほと身体《からだ》を重ねると、下腹部を押し付けるようにして、侵入を試みた。しかし、角度が合わなくて、先端は目標を捉《とら》えることができずにスリップする。下腹に張り付いた分身を、《地球》を目指すスペースシャトルにたとえるならば、進入角が浅すぎるのだ。これでは何度やっても、大気圏に突入することはできないだろう。人類が太古から数え切れないぐらいこなしてきたことだし、そもそもが本能に基づくことなので、初めてでも簡単にできると思ったら大間違いだ。

「あ……あれ？」

桂《けい》がとまどった声を出すと、噂《うわさ》に聞く「初めての痛み」に身構えていたみずほが、閉じていた目をこわごわ開いて、

「どうしたの？」

「いや、その、なんかうまくいかなくて……」

物問いたげな目で見られてあせった桂は、闇雲《やみくも》に突きを繰《く》り出した。しかし、布団にシミができるほどの豊富な潤滑液《じゅんかつ》が、かえって仇《あだ》になったのか、反り返った刀身は獲物《えもの》を貫くことなく、むなしくうわすべりを繰り返す。

度重なる失敗に焦《じ》れた桂は、みずほの顔を覗《のぞ》き込み、

「電気つけちゃダメかな？」

「ダメよ」

と、みずほはにべもない。好きな相手でも、いや、むしろ好きな相手だからこそか、これま

でひた隠しにしてきた恥ずかしいところを見られるのには抵抗があるらしい。

「でも、明るいとこで見ないと良くわかんないよ」

「そんなこと言われても……」

思わぬ事態に、初めて同士のふたりは、顔を見合わせて黙《だま》り込む。やがて、みずほがおずおずと、

「わたしが、その、誘導《ゆうどう》するから、それで試してみない？」

「誘導？」

「だから、わたしが、桂《けい》クンのを……こう、手で、わたしの中に……」

「なッ、中？」

なにかとてもはしたないことを言った気がして、みずほは湯気が立つほど頬《ほお》を熱くした。桂はなぜか、声を少しうわずらせて、

「そ、それじゃあ、と、とりあえず、そ、それで試してみようよ」

「そ、そうね」

自分から言い出したこととはいえ、やはり、異性の欲望の中心に触れるのには、いささかのためらいがある。しかし、そんなことを言っていては先に進めないと、みずほは布団の中にもぐらせた手を桂の分身にのばした。

えッ？　なに、これ？

探り当てたモノの思わぬ硬さと大きさに、みずほは目をまるくした。こうした場にはふさわしくない神妙な顔をしている桂《けい》の顔を見上げて、

「これが……桂クンのよね?」

「そうだけど……」

なにかおかしいところがあるのかと、桂が不安げな顔をする。みずほは、自分の指一本でもきついのに、こんなのが入ってきたら死ぬんじゃないかと思ったが、「わたしのほうが年上なんだからリードしてあげなきゃ」と、くじけそうになる心を励まして、脈打つシャフトの先端を欲望の源にあてがった。

「ンッ……」

とうとうこれでみずほとひとつになれるのだという精神的昂揚《こうよう》で、桂は危うくほとばしらせてしまいそうになったが、同じ過ちは二度冒すまいと、奥歯を嚙《か》み締《し》める。

「桂クン、ここよ」

と、みずほが言うのに合わせ、桂は腰を進めたが、彼女の入り口はまだあまりこなれていないのか、先端がめり込んだだけで強い抵抗を示した。

「先生。そこ、指でひろげてくれたら、うまくいくんじゃないかな」

「……って、それ、わたしがやるの?」

と、みずほが驚《おどろ》いた顔する。しかし、この状況では、他《ほか》のひとに頼むわけにもいかない。ま

りえだって、さすがにそれは管轄外《かんかつ》だろう。みずほはやむなく、桂の分身をナビゲートしているのとは反対の手で、慎ましやかに閉じられた下の唇を割りひろげた。布団をかぶっているからまだいいようなものの、自分が今どんな格好をしているか思い浮かべるだけで、恥ずかしさのあまりこの場から走って逃げ出したくなる。みずほは、それをグッとこらえて、

「いいわよ、桂クン」

　桂があらためて腰を進めると、ようやく、少年の分身はみずほの中に進入しはじめた。痛みというよりは、下腹部を内側から強く圧迫される感じに、みずほがわずかに背を反らす。まだ、ほんの先っぽが入っただけだというのに、まるで、バットでも突っ込まれたような感じだ。ふたりの下腹部が近付くにつれ、引き裂かれるような痛みが生じ、みずほはきつく唇を噛《か》み締《し》めた。

「先生、大丈夫？」

　桂が気遣わしげな声を掛けると、みずほは眉根《まゆね》を寄せた苦しそうな顔をしつつも、

「大丈夫よ。いいから、そのままきて」

「でも、そんなに痛いんだったら、やめたほうが……」

「やめないで！」

　みずほは桂がびっくりするような鋭《するど》い声を上げると、

「わたし、桂クンとひとつになりたい。どんなに痛くても我慢するから……だから、あなたも

ためらわないで」

「先生……」

「お願い、前に進んで」

そうだ。もう、《停滞《とまら》》しない。なにがあっても、前に進むって決めたばかりじゃないか。なにかを得るためには、なにかを犠牲《ぎせい》にしなければならないときがある。前に進むことで誰《だれ》かを傷付けることになっても、決してそれから目をそらさない。前に……前に進むんだ。そして、世界で……いや、この銀河でいちばん好きなひととひとつになるんだ。一緒に歩いてくれるひとと、いちばん深いところで繋《つな》がるんだ——。

桂《けい》の想いが、みずほの中心を貫いた。

桂の目に、もうためらいはない。みずほの目は、痛みを乗り越えた先にあるものをしっかりと見つめていた。ふたりは同じところを目指して進む。そして、加速する。身体《からだ》と身体が、心と心が、ふたりのすべてが重なり合ってひとつになった。もう、大丈夫。行く手になにが待ち受けていようとも、ふたりなら乗り越えてゆける。

怖がらないで。ためらわないで。振り向くことはあっても、そこで足を止めないで。あなたと一緒に進むこと——それが、わたしの最優先事項。

みずほの想いを受け止めて、桂がさらに加速する。加速して、加速して、加速して、そして、白い光になった。

「ね、桂クン。わたしのこと好き？」

愛を確かめ合ったあと、気怠《けだる》い余韻《よいん》の中でみずほが訊《き》いた。

「もちろん、好きだよ」

「どれくらい好き？」

桂は少し考えてから、

「教室の黒板に、でっかく『好きだ！』って書きたいくらい」

あとがき

雑破業《ざっぱごう》

大多数のみなさん、はじめまして。ヤングアダルト界のダニー・コーチマーになりたい雑破業です。人気アニメ「おねがい☆ティーチャー」のノベライズ、楽しんでいただけたでしょうか？　お読みいただければわかるとおり、本作品はアニメ本編の時系列に沿いながら、そこでは描かれなかったエピソードを補完するという体裁を採っています。わたし自身、原作アニメのファンなので、大変楽しく仕事をさせていただいたのですが、そもそも、わたしと「おねてぃ」との出会いは、友人から「今、WOWOWで、気の弱いメガネくんが年上の女教師にアレコレされちゃうアニメをやってるらしいよ」と聞いたのがきっかけでした。うわぁ、それは是非《ひ》とも観なきゃ……ということで、すでに放映済みの分の録画したテープを借りたら、すっかりハマってしまいました（期待していたものとは、いささか違いましたが・笑）。で、ちょうど番組が終了した頃《ころ》、マブの黒田洋介《くろだようすけ》さんから電話があって、ここにはとても書けないようなハナシをだらだらしている中で、「『おねてぃ』いいっスねー。できるもんなら、ノベライズやりたいくらいですよ～」「だったら、やってみます？」……と、トントン拍子に話が進み、今回のような次第となりました。

ノベライズを引き受けた当初は、「わーい、『おねてぃ』書くぞー」とウキウキ気分だったのですが、アニメ誌やネットを介して伝わってくるファンのみなさんの熱い想いや、スタッフはもちろん、キャストの方々のキャラや作品への思い入れを知るにつれ、たくさんのひとが大事に思っている作品をノベライズすることへの重圧で、柄にもなく、だんだん胃が痛くなってきました。おまけに黒田さんッ、おいしいネタはほとんど「はちみつ授業」でやってるじゃんかよぉ！……と血の涙を流しつつ、のろのろと筆を進めているあいだは、常に「これでいいのか？　これで、ファンやスタッフの想いに応えられるものになっているのか？」と自らに問い掛けつづける日々でした。そして、ようやく原稿が完成した寒い朝、「おねてぃ」のエンディングテロップが流れるテレビの前で、精も根も尽き果てて倒れ伏した作者は、そばに寄り添うパトラッシュとともに冷たくなっていたのでした……というのは冗談ですが、まあ、それくらい力を入れてやったんだなと思ってください。

なにはともあれ、本作品があなたの心の中にある「おねてぃ」という名の素敵《すてき》なアルバムに新たな一ページを加えることができたなら、作者としてこれにまさる喜びはありません。そして、もし、まだアニメのほうを観ていないという悪い子ちゃんがいたら、なんとしてでも観てください。絶対、面白《おもしろ》いですから——。

最後に、「おねてぃ」という素晴《すば》らしい作品に関わるきっかけを与えてくれた黒田《くろだ》さん、井《い》出《で》監督をはじめとするスタッフのみなさん、これ以外はないと思えるほどぴったりなキャストの方々、そして、ヤングアダルトとしては結構ギリギリな描写もある本作品にＯＫを出してくれた電撃文庫編集部に心より感謝します。

Ｐ・Ｓ・　ホームページやってます。興味のある方は、覗《のぞ》いてみてね。

『雑破庵《ざつぱあん》』http://www007.upp.so-net.ne.jp/zappa-an/

『ぼくの好きな先生／ＲＣサクセション』を聴きながら――。

解説

黒田《くろだ》洋介《ようすけ》（Please！）


「おねがい☆ティーチャー」のノベライズが、電撃《でんげき》文庫さんで発売されるという話が舞い込んできたとき、僕は、Please！メンバーにこう言いました。

「担当してくれる作家さんは、僕より文章能力の高い人がいい！」

じゃあ、それは誰《だれ》なんだよと聞かれると、僕の頭の中には雑破《ざっぱ》業《ごう》さんの名前しか思い浮かびませんでした。

そりゃ文章が上手《うま》い人は、世の中に星の数ほどいると思います。

「おねてぃ」らしさを再現してくれる人もいるでしょう。

ですが、文章能力の高さと、おねてぃの中にある「はちみつな部分」を同時に表現してくれる作家となれば話は別です。そう考えると、もう雑破さんしかいないわけです。

しかも、雑破さんという人は「はちみつな部分」を再現などではなく、体現（!?）までしてくれる希有《けう》なる作家です。ご本人の中にある情念、怨念《おんねん》、業……そういったものを文章に変換し、小説にまで昇華させる。しかも完成度はすこぶる高い。ホント、すごい人です。

つーか、お知り合いなんですけどね（笑）。

もう、8年ぐらい前になるでしょうか。雑破《ざっぱ》さんの書かれた小説「ゆんゆん☆パラダイス」のアニメ脚本を、僕が所属するスタジオオルフェの倉田《くらた》英之《ひでゆき》が担当したことが、お知り合いになるきっかけです。というかね、あのアニメの企画をスポンサーに持ちかけたの、実は僕と倉田なんですよ。ただ単に雑破さんのファンだったんですねー。

そんな雑破さんから久しぶり届いたメールを機会に、おねてぃのノベライズを文字通り「おねがい」して書いていただいたのが、みなさまがお手にしているこの本なのです。

井出《いで》安軌《やすのり》監督も、おねてぃを好きな人に書いてもらいたいというのが第一希望でしたし、僕もお知り合いなのをいいことに何度も電話して、雑破さんと打ち合わせをしました。

そこで話したことは。

1）アニメをなぞるだけの小説なんかつまんない！

2）アニメで表現できなかった部分にまで踏み込もう！

3）みずほ先生のかわらいさを爆発《ばくはつ》させよう！

4）桂《けい》の思春期状態をちゃんと描こう！

……といったものでした。

そして、そのどれもが、この本にしっかりと描かれています。

この小説は、アニメ作品のノベライズというより、小説形式をとった公式エピソード集と考えていただいたほうが的確でしょう。

そう、僕の中で、もう雑破さんは「Ｐｌｅａｓｅ！のメンバー」なんですよ。

これほどの作品を書いていただけたなら、そう思わずにはいられません。雑破さんは「Ｐｌｅａｓｅ！のメンバー」として、今後も一緒にお仕事したいと思っております。まあ、いわゆる、公の場所での次回作の執筆依頼だったりするのですが（笑）。

でも、ホントに、そう思ってるんです。

小説を読み終えた方には、わかるはずです。

雑破さんの見事なはちみつっぷりが！

風見《かざみ》みずほへの愛が！

まあ、ショタっ気のある雑破さんは、草薙《くさなぎ》桂のほうにご執心だとは思いますがネ。とくにスカートを穿《は》かせたりしてるシーンとかネ（したり顔でメガネをクイッ☆）。

冗談はこれくらいにして。

みなさん、この本はとても「おねてぃ」です。先にこの文章を読まれている方は、今すぐページの頭に戻って、雑破業による雑破業にしかできない「おねてぃ」を楽しんで下さい。

僕は十二分に堪能《たんのう》しました。

本書に対するご意見、ご感想をお寄せください。

■
あて先

〒101-8305 東京都千代田区神田駿河台1-8 東京YWCA会館
メディアワークス電撃文庫編集部
「雑破 業先生」係
「羽音たらく先生」係
「合田浩章先生」係
■

電撃文庫

おねがい☆ティーチャー

みずほと桂《けい》のMilky Diary

雑破《ざっぱ》 業《ごう》

発　行　二〇〇三年三月二十五日　初版発行

発行者　佐藤辰男

発行所　株式会社メディアワークス
〒一〇一-八三〇五　東京都千代田区神田駿河台一-八
東京YWCA会館
電話〇三-五二八一-五二〇七（編集）

発売元　株式会社角川書店
〒一〇二-八一七七　東京都千代田区富士見二-十三-三
電話〇三-三二三八-八六〇五（営業）

装丁者　荻窪裕司（META＋MANIERA）

印刷・製本　あかつきBP株式会社

落丁・乱丁本はお取り替えいたします。
定価はカバーに表示してあります。

Printed in Japan
ISBN4-8402-2323-8 C0193

電撃文庫創刊に際して

文庫は、我が国にとどまらず、世界の書籍の流れのなかで〝小さな巨人〟としての地位を築いてきた。古今東西の名著を、廉価で手に入りやすい形で提供してきたからこそ、人は文庫を自分の師として、また青春の想い出として、語りついできたのである。

その源を、文化的にはドイツのレクラム文庫に求めるにせよ、規模の上でイギリスのペンギンブックスに求めるにせよ、いま文庫は知識人の層の多様化に従って、ますますその意義を大きくしていると言ってよい。

文庫出版の意味するものは、激動の現代のみならず将来にわたって、大きくなることはあっても、小さくなることはないだろう。

「電撃文庫」は、そのように多様化した対象に応え、歴史に耐えうる作品を収録するのはもちろん、新しい世紀を迎えるにあたって、既成の枠をこえる新鮮で強烈なアイ・オープナーたりたい。

その特異さ故に、この存在は、かつて文庫がはじめて出版世界に登場したときと、同じ戸惑いを読書人に与えるかもしれない。

しかし、〈Changing Time, Changing Publishing〉時代は変わって、出版も変わる。時を重ねるなかで、精神の糧として、心の一隅を占めるものとして、次なる文化の担い手の若者たちに確かな評価を得られると信じて、ここに「電撃文庫」を出版する。

1993年6月10日
角川歴彦

電撃文庫

頭蓋骨のホーリーグレイル
杉原智則
イラスト／瑚澄遊智
ISBN4－8402－2151－0

いないはずの〝子供〟と話をする姉――涼子。彼女と一緒に暮らす須賀弘人は美人局で金を稼ぎ、それなりに〝平和〟に暮らしていた。だが――！

す-3-3　0690

頭蓋骨のホーリーグレイルⅡ
杉原智則
イラスト／瑚澄遊智
ISBN4－8402－2182－0

バフォメット教団の生き残り、羅魂陽馬は時忘れの回廊の封印を解いた。現れたのは教団さえ手におえず封印した魔人たち四人……暗黒ファンタジー第2弾！

す-3-4　0712

頭蓋骨のホーリーグレイルⅢ
杉原智則
イラスト／瑚澄遊智
ISBN4－8402－2253－3

友達と海に遊びに行くという咲夜に、父親の遼馬は気が気でない。一方、須賀弘人は懐かしい顔と出会っていた……。暗黒ファンタジー第3弾！

す-3-5　0740

頭蓋骨のホーリーグレイルⅣ
杉原智則
イラスト／瑚澄遊智
ISBN4－8402－2308－4

女子高生のボディガード役としてとある温泉地まで行くことになった須賀弘人。そこで待っていたのは例によって例の如く……！　暗黒ファンタジー第4弾!!

す-3-6　0770

おねがい☆ティーチャー　みずほと桂のMilky Diary
雑破 業
イラスト／羽音たらく&合田浩章
ISBN4－8402－2323－8

TVアニメ本編では描かれなかったみずほと桂のドタバタ新婚生活が今明らかに!?　コミックも好調の人気作、ついにノベライズで登場！

さ-6-1　0776